AF542497

TITE
ET
BERENICE.

COMEDIE HEROIQVE.

Par P. CORNEILLE.

Rés. Rf 2225

Sur l'Imprimé,

A PARIS,

Chez LOVIS BILLAINE, au Palais au ſecond pillier de la grand'Salle à la Palme.

M. DC. LXXI.

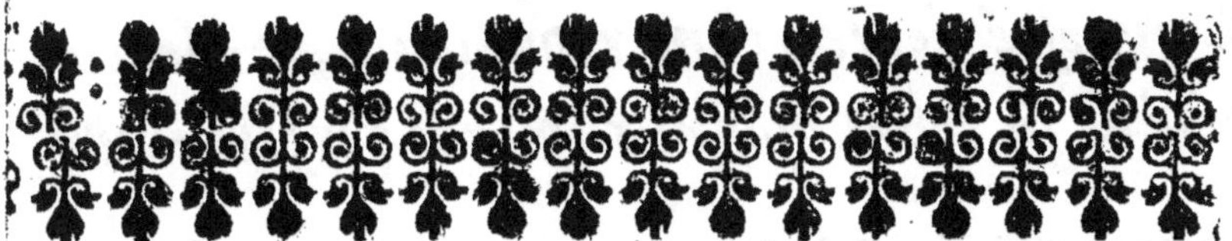

XIPHILINVS EX DIONE IN VESPASIANO.

GVILLELMO BLANCO Interprete.

V*Espasianus à Senatu absens Imperator creatur, Titusque & Domitianus Cesares designantur.*

Domitianus animum ad amorem Domitiæ filiæ Corbulonis applicauerat, eamque à Lucio Lamio Æmiliano viro eius abductam secum habebat in numero amicarum, eamdemque postea vxorem duxit.

Per id tempus Berenice maximé florebat, ob eamque causam cum Agrippa fratre Romam venit. Is Prétoriis honoribus auctus est, ipsa habitauit in Palatio, cœpitque cum Tito coire: Spes erat eam Tito nuptum iri, iam enim omnia, vt si esset vxor, gerebat.

Sed Titus cum intelligeret populum ROMANU[M] *id molesté ferre, eam repudiauit, præsertim quòd de iis rebus magni rumores perferrentur*

IN TITO.

Titus, ex quo tempore principatum solus obtinuit, nec cædes fecit, nec amoribus inseruiuit, sed comis quamuis insidiis peteretur, & continens, Berenice licet in vrbem reuersa, fuit.

Titus moriens se vnius tantum rei pœnitére dixit, id autem quid esset non aperuit, nec quisquam certo nouit, aliud aliis conjicientibus. Constans fama fuit, vt nonnulli tradunt quod Domitiam vxorem fratris habuisset: alii putant quibus ego assentior, quod Domitianum à quo certò sciebat sibi insidias parari, non interfecisset, sed id ab eo pati maluisset, & quod traderet Imperium Romanum tali viro.

ACTEVRS.

TITE, Empereur de Rome & Amant de Berenice.

DOMITIAN, Frere de Tite & Amant de Domitie.

BERENICE, Reine d'vne partie de la Iudée.

DOMITIE, Fille de Corbulon.

PLAVTINE, Confidente de Domitie.

FLAVIAN, Confident de Tite.

ALBIN, Confident de Domitian.

PHILON, Ministre d'Estat, Confident de Berenice.

La Scene est à Rome dans le Palais Imperial.

TITE ET BERENICE.

COMEDIE HEROIQUE.

ACTE I.

SCENE PREMIERE.

DOMITIE, PLAVTINE.

DOMITIE.

Laisse-moy mon chagrin, tout injuste qu'il est;
Ie le chasse, il reuient, ie l'étouffe il renaist,
Et plus nous approchons de ce grand Hymenée,
Plus en dépit de moy ie m'en trouue gesnée.
Il fait toute ma gloire, & fait tous mes desirs;
Ne deuroit-il pas faire aussi tous mes plaisirs?
Depuis plus de six mois la pompe s'en aprefte;
Rome s'en fait d'auance en l'esprit vne feste,
Et tandis qu'à l'enuy tout l'Empire l'attend,
Mon cœur dans tout l'Empire est le seul mécontent.

PLAVTINE.

Que trouuez-vous, Madame, ou d'amer, ou de rude

A voir qu'vn tel bon-heur n'ait plus d'incertitude,
Et quand dans quatre jours vous deuez y monter,
Quel importun chagrin pouuez-vous écouter?
Si vous n'en eſtes pas tout à fait la maiſtreſſe,
Du moins à l'Empereur cachez cette triſteſſe,
Le dangereux ſoupçon de n'eſtre pas aimé
Peut le rendre à l'objet dont il fut trop charmé;
Auant qu'il vous aimaſt il aimoit Berenice,
Et s'il n'en pût alors faire vne Imperatrice,
A preſent il eſt maiſtre & ſon pere au tombeau
Ne peut plus le forcer d'éteindre vn feu ſi beau.

DOMITIE

C'eſt là ce qui me geſne, & l'image importune
Qui trouble les douceurs de toute ma fortune:
I'ambitionne & crains l'Hymen d'vn Empereur
Dont j'ay lieu de douter ſi j'auray tout le cœur.
Ce pompeux appareil où ſans ceſſe il ajoûte
Recule chaque iour vn nœud qui le dégouſte;
Il ſouffre chaque iour que le Gouuernement
Vole ce qu'à me plaire il doit d'attachement,
Et ce qu'il en étale agit d'vne maniere
Qui ne m'aſſeure point d'vne ame toute entiere.
Souuent meſme au milieu des offres de ſa foy
Il ſemble tout à coup qu'il n'eſt pas auec moy,
Qu'il a quelque plus douce ou noble inquietude;
Son feu de ſa raiſon eſt l'effet & l'étude,
Il s'en fait vn plaiſir bien moins qu'vn embarras,
Et s'efforce à m'aimer mais il ne m'aime pas.

PLAUTINE

A cet effort pour vous qui pourroit le contraindre?
Maiſtre de l'Vniuers a-t-il vn maiſtre à craindre?

DOMITIE

I'ay quelques droits, Plautine, à l'Empire Romain
Que le choix d'vn époux peut mettre en bonne main.
Mon pere auant le ſien éleu pour cet Empire
Prefera... tu le ſçais, & c'eſt aſſez t'en dire.

C'est par cet interest qu'il m'apporte sa foy;
Mais pour le cœur, te dis-je, il n'est pas tout à moy,

PLAVTINE

La chose est bien égale, il n'a pas tout le vostre,
S'il aime vn autre objet, vous en aimez vn autre,
Et comme sa raison vous donne tous ses vœux,
Vostre ardeur pour son rang fait pour luy tous vos (feux.

DOMITIE

Je dy point qu'entre-nous la chose soit égale:
Vn diuorce auec moy n'a rien qui le rauale,
Sans auilir son sort il me renuoye au mien,
Et du rang qui luy reste il ne me reste rien.

PLAVTINE

Que ce que vous auez d'ambitieux caprice,
Pardonnez-moy ce mot, vous fait vn dur supplice!
Le cœur remply d'amour vous prenez vn époux,
Sans en auoir pour luy, sans qu'il en ait pour vous!
Aimez pour estre aimée, & montrez-luy vous-mesme
A l'aimant comme il faut, comme il faut qu'il vous aime,
Et si vous vous aimez, gagnez sur vous ce point
De vous donner entiere, ou ne vous donnez point.

DOMITIE

Si l'amour quelquefois souffre qu'on le contraigne,
Il souffre rarement qu'vne autre ardeur l'esteigne,
Et quand l'ambitiom on met l'empire à bas,
Elle en fait son esclaue & ne l'étouffe pas.
Mais vn si fier esclaue ennemy de sa chaisne
La secouë à toute heure & la porte auec gesne,
Et maistre de nos sens qu'il appelle au secours,
Il échapue souuent, & murmure tousiours.
Veux-tu que ie te fasse vn aueu tout sincere?
Je ne puis aimer Tite, ou n'aimer pas son frere,
Et malgré cet amour ie ne puis m'arrester
Qu'au degré le plus haut où ie puisse monter.
Laisse-moy retracer ma vie en ta mémoire;

Tu me connois assez pour en sçauoir l'histoire,
Mais tu n'as pû connoistre à chaque éuenement
De mon illustre orgueil quel fut le sentiment.
En naissant, ie trouuay l'Empire en ma famille,
Neron m'eut pour parente & Corbulon pour fille,
Et le bruit qu'en tous lieux fit sa haute valeur
Autant que ma naissance enfla mon ieune cœur,
De l'éclat des grandeurs par là préoccupée
Ie vis d'vn œil jaloux Octauie & Poppée.
Et Neron, des Mortels & l'horreur & l'effroy,
M'eust paru grand heros s'il m'eust offert sa foy.
Apres tant de forfaits & de morts entassées,
Les troupes du Leuant d'vn tel monstre lassées
Pour Cesar en sa place éleurent Corbulon:
Son austere vertu rejetta ce grand nom,
Vn lâche assassinat en fut le prompt salaire,
Mais mon orgueil sensible à ces honneurs d'vn pere
Prit de tout autre rang vne assez forte horreur,
Pour me traiter dans lame en fille d'Empereur.
Neron perit enfin, Trois Empereurs de suite
Virent de leur fortune vne assez prompte fuite;
L'Orient de leurs noms fut à peine auerty,
Qu'il fit Vespasian Chef d'vn plus fort party,
Le Ciel l'en auoüa : Ce guerrier magnanime
Par Tite son aisné fit assieger Solyme,
Et tandis qu'en Egypte il prit d'autres emplois,
Domitian icy vint dispenser ses loix.
Ie le vis & l'aimay : ne blasme point ma flâme,
Rien de plus grand que luy n'ébloüissoit mon ame,
Ie ne voyois point Tite, vn Hymen me l'ostoit,
Mille soûpirs aidoient au rang qui me flatoit,
Pour remplir tous nos vœux nous n'attendions qu'vn pere:
Il vint mais d'vn esprit à nos vœux si contraire,
Que quoy qu'on luy pût dire on n'en put arracher
Ce qu'attendoit vn feu qui nous estoit si cher,

On n'en sçeut point la cause & diuers bruits coururent
Qui tous à nostre amour également déplurent:
I'en eus vn long chagrin. Tite fit tost aprés
De Berenice à Rome admirer les attraits,
Pour elle auec Martie il auoit fait diuorce,
Et cette belle Reine eut sur luy tant de force,
Que pour montrer à tous sa flâme & hautement,
Il luy fit au Palais prendre vn apartement.
L'Empereur bien qu'en l'ame il preuist quelle haine
Conceuroit tout l'Etat pour l'époux d'vne Reine,
Sembla voir cet amour d'vn œil indifferent,
Et laisser vn cours lible aux flots de ce torrent:
Mais sous les vains dehors de cette complaisanc
On ménagea ce Prince auec tant de prudence,
Qu'en dépit de son cœur que charmoiét tant d'apas
Il l'obligea luy-mesme à reuoir ses Etats.
A peine ie le vis sans maistresse & sans femme,
Que mon orgueil vers luy tourna toute mon ame,
Et s'estant emparré des plus doux de mes soins,
Son frere commença de me plaire vn peu moins,
Non qu'il ne fust tousiours maistre de ma tendresse,
Mais ie la regardois ainsi qu'vne foiblesse
Comme vn honteux effet d'vn amour éperdu,
Qui me voloit vn rang que ie me croyois dû.
Tite à peine sur moy jettoit alors la veuë,
Cent fois auec douleur ie m'en suis apperceuë,
Mais ce qui consoloit ce juste & long ennuy,
C'est que Vespasian me regardoit pour luy.
Ie commençois pourtant à n'en plus rien attendre,
Quand ie vis en ses yeux quelque chose de tendre,
Il me rendit visite, & fit tout ce qu'on fait
Alors qu'on veut aimer, ou qu'on aime en effet
Ie veux bien t'auouër que j'y crûs du mystere,
Qu'il ne me disoit rien que par l'ordre d'vn pere:
Mais qui ne pancheroit à s'en desabuser,
Lors que ce pere mort il songe à m'épouser?

Toy qui vois tout mon cœur juge de son martire.
L'ambition l'entraisne & l'amour le déchire,
Quand ie croy m'estre mise au dessus de l'amour,
L'amour vers son objet me ramene à son tour.
Ie veux régner & tremble à quitter ce que j'aime,
Et ne me sçaurois voir d'accord auec moy-mesme,

PLAVTINE

Ah si Domitian deuenoit Empereur,
Que vous auriez bien-tost calmé tout cẽ grãd cœur!
Que bien-tost, mais il vient. Ce grand cœur en soûpire!

DOMITIE

Helas! plus ie le voy, moins ie sçay que luy dire.
Ie l'aime & le dédaigne, & n'osant m'attendrir,
Ie me veux mal des maux que ie luy fais souffrir.

SCENE II.

DOMITIAN, DOMITIE, ALBIN, PLAVTINE.

DOMITIAN

FAut-il mourir, Madame, & si proche du terme
Vostre illustre inconstance est-elle encor si ferme,
Que les restes d'vn feu que j'auois crû si fort
Puissent dans quatre jours se promettre ma mort?

DOMITIE

Ce qu'on m'offre, Seigneur, me feroit peu d'enuie,
S'il en coustoit à Rome vne si belle vie,
Et ce n'est pas vn mal qui vaille en soûpirer
Que de faire vne perte aisée à réparer.

DOMITIAN

Aisée à réparer! vn choix qui m'a sceu plaire,
Et qui ne plaist pas moins à l'Empereur mon frere,
Charme-t-il l'vn & l'autre auec si peu d'appas
Que vous sçachiez leur prix, & le mettiez si bas?

DOMITIE

Quoy qu'on ait pour soy-mesme ou d'amour où d'estime,
Ne s'en croire pas trop n'est pas faire vn grãd crime,

Mais n'examinons point en cet excez d'honneur
Si j'ay quelque merite, ou n'ay que du bon-heur;
Telle que ie puis estre, obtenez-moy d'vn frere.

DOMITIAN

Helas si ie n'ay pû vous obtenir d'vn pere,
Si mesme ie ne puis vous obtenir de vous,
Qu'obtiendray-ie d'vn frere amoureux & jaloux?

DOMITIE

Et moy resisteray-ie à sa toute-puissance,
Quand vous n'y repondrez qu'auec obeïssance?
Moy qui n'ay sous les Cieux que vous seul pour soutien,
Que puis-ie cõtre luy quand vous n'y pouuez rien?

DOMITIE

Ie ne puis rien sans vous, & pourrois tout Madame,
Si ie pouuois encor m'asseurer de vostre ame.

DOMITIE

Pouuez-vous en douter, aprés deux ans de pleurs
Qu'à vos yeux j'ay donnez à nos cõmuns mal-heurs?
Durant vn déplaisir si long & si sensible
De voir tousiours vn pere à nos vœux inflexible,
Ay-ie écouté quelqu'vn de tant de soûpirans
Qui m'accabloient par tout de leurs regards mourãs
Quel que fut leur amour quel que fut leur merite?

DOMITIAN

Ouy, vous m'auez aimé jusqu'à l'amour de Tite,
Mais de ces soûpirans qui vous offroient leur foy
Aucun ne nous eust mise alors si haut que moy.
Vostre ame ambitieuse à mon rang attachée
N'en voyoit point en eux dont elle fut touchée;
Ainsi de ces riuaux aucun n'a reüssi
Mais les temps sont changez Madame & vous aussi.

DOMITIE

Non Seigneur, ie vous aime & garde au font de l'ame
Tout ce que j'eus pour vous de tendresse & de flâme,
L'effort que ie me fais me tuë autant que vous,

Mais enfin l'Empereur veut estre mon époux.

DOMITIAN

Ah si vous n'acceptez sa main qu'auec contrainte
Venez, venez, Madame, authoriser ma plainte:
L'Empereur m'aime assez pour quitter vos liens,
Quand ie luy porteray vos vœux auec les miens.
Dites que vous m'aimez, & que tout son Empire...

DOMITIE

C'est ce qu'à dire vray j'auray peine à luy dire,
Seigneur, & le respect qui n'y peut consentir....

DOMITIAN

Non, vostre ambition ne se peut dementir,
Ne la deguisez plus, montrez-là toute entiere,
Cette ame que le trosne a sçeu rendre si fiére,
Cette ame dont j'ay fait les plaisirs les plus doux,
Cette ame....

DOMITIE

Voyez-la, cette ame toute à vous.
Voyez-y tout ce feu que vous y fistes naistre,
Et soyez satisfait, si vous le pouuez estre
Ie ne veux point, Seigneur, vous le dissimuler,
Mon cœur va tout à vous quand ie le laisse aller;
Mais sans dissimuler j'ose aussi vous le dire,
Ce n'est pas mon dessein qu'il m'en couste l'Empire,
Et ie n'ay point vne ame à se laisser charmer
Du ridicule honneur de sçauoir bien aimer.
La passion du trosne est seule tousiours belle,
Seule à qui l'ame doiue vne ardeur immortelle;
I'ignorois de l'amour quel est le doux poison,
Quand elle s'empara de toute ma raison.
Comme elle est la premiere, elle est la dominante;
Non qu'à trahir l'amour ie ne me violente,
Mais il est juste enfin que les souspirs secrets
Me punissent d'aimer contre mes interests (dre
Daignez dõc voir, Seigneur, quelle route il faut pren;
Pour ne point m'imposer la honte de descendre,
Tout mon cœur vous prefere à cet heureux riual,

Pour m'auoir toute à vous deuenez son égal,
Vous dites qu'il vous aime, & ie ne puis le croire,
Si ie ne voy sur vous vn rayon de sa gloire
On vous a veu tous deux sortir d'vn mesme flanc,
Ayez mesmes honneurs ainsi que mesme sang,
Dites luy que le droit qu'a de sang à l'Empire...

DOMITIAN

C'est-là ce qu'à mon tour j'auray peine à luy dire,
Madame, & le deuoir qui n'y peut consentir...

DOMITIE

A mes viues douleurs daignez donc compatir,
Seigneur j'achete assez le rang d'Imperatrice,
Sans qu'vn reproche injuste augmente mon supplice.

DOMITIAN

Et bien dans cet Hymen qui n'en a que pour moy,
I'applaudiray moy-mesme à vostre peu de foy,
Ie diray que le Ciel doit à vostre merite...

DOMITIE

Non Seigneur, faites mieux, & quittez qui vous quitte.
Rome a mille beautez dignes de vostre cœur,
Mais dans toute la Terre il n'est qu'vn Empereur.
Si mon pere auoit eu les sentimens du vostre,
Ie vous aurois donné ce que j'attens d'vn autre,
Et ma flâme en vos mains eust mis sans balancer
le sceptre qu'en la mienne il auroit dû laisser.
Laissez à son defaut suppléer la Fortune,
Et n'ayant pas vne ame assez basse & commune;
Pour s'opposer au Ciel qui me rend par autruy
Ce que trop de vertu me fit perdre par luy :
Pour peu que vous m'aimiez, aimez mes auantages;
Il n'est point d'autre amour digne des grands courages
Voila toute mon ame. Aprés cela Seigneur,
Laissez-moy m'épargner les troubles de mon cœur;
Vn plus long entretien ne pourroit rien produire,
Qui ne pûst malgré-moy vous deplaire ou me nuire.

SCENE III.

DOMITIAN. ALBIN.

ALBIN.

ELle se defend bien Seigneur, & dans la Cour....?

DOMITIAN

Aucun n'a plus d'esprit, Albin & moins d'amour.
I'admire ainsi que toy dans ce qu'elle m'oppose
Son adresse à defendre vne mauuaise cause,
Et si pour m'asseurer que son cœur n'est qu'à moy
Tant d'esprit agissoit en faueur de sa foy,
Si sa flâme au secours appliquoit cette adresse,
L'empereur conuaincu me rendroit ma maistresse;

ALBIN

Cependant n'est-ce rien que ce cœur soit à vous?

DOMITIAN

D'vn bon-heur si mal seur ie ne suis point jaloux,
Et trouue peu de jour à croire qu'elle m'aime,
Quand elle ne regarde & n'aime que soy-mesme.

ALBIN

Seigneur s'il m'est permis de parler librement,
Dans toute la Nature, aime-t-on autrement? (tres,
L'amour propre est la source en nous de tous les au-
C'en est le sentiment qui forme tous les nostres,
Luy seul allume, éteint, ou change nos desirs,
Les objets de nos vœux le sont de nos plaisirs:
Vous-mesme qui brûlez d'vne ardeur si fidelle,
Aimez vous Domitie, ou vos plaisirs en elle?
Et quand vous aspirez à des liens si doux,
Est-ce pour l'amour d'elle, où pour l'amour de vous?
De sa possession l'aimable & chere idée,
Tient vos sens enchantez & vostre ame obsedée,
Mais si vous conceuiez quelques destins meilleurs,
Vous porteriez bien-tost toute cette ame ailleurs.
Sa conqueste est pour vous le comble des delices,
Vous ne vous figurez ailleurs que des supplices,

C'est par là qu'elle seule a droit de vous charmer,
Et vous n'aimez que vous quād vous croyez l'aimer,

DOMITIAN

En l'état où ie suis les maux dont ie soûpire
M'ostent la liberté de te rien contredire:
Cherchons-en le remede, au lieu de raisonner
Sur l'amour où le Ciel se plaist à m'obstiner.
N'est-il point de secret n'est-il point d'artifice...?

ALBIN

Oüy, Seigneur, il en est, rapellons Berenice,
Sous le nom de César pratiquons son retour,
Qui retarde l'himen, & suspende l'amour.

DOMITIAN

Que ie verrois, Albin, ma volage punie,
Si de ses grands aprests pour la ceremonie,
Que depuis si long-temps on dresse à si grand bruit,
Elle n'auoit que l'ombre, & qu'vne autre eust le fruit!
Qu'elle seroit confuse, & que j'aurois de joye!
Mais il faut que le Ciel luy-mesme la renuoye,
Cette belle riuale, & tout nostre discours
Ne la sçauroit icy rendre dans quatre jours.

ALBIN

N'importe, en l'attendant préparons sa victoire,
Dans l'esprit d'vn riual r'animons sa mémoire,
Retraçons à ses yeux l'image du passé,
Et profitons par là du cœur embarassé.
N'y perdez point de temps allez sans plus rien taire
Taster jusqu'en ce cœur les tendresses de frere.
Si vous ne l'emportez il pourra s'ébranler,
S'il ne rompt cet Hymen, il pourra reculer,
Ie me trompe, ou son ame y panche d'elle-mesme;
S'il s'émeut, redoublez, dites que l'on vous aime,
Dites qu'vn pur respect contraint auec ennuy
Vne ame toute à vous à se donner à luy:
S'il se trouble, acheuez, parlez de Berenice,
De tant d'amour qu'il traite auec tant d'injustice;

Pour luy donner le temps de venir au secours
Nous aurons quatre mois au lieu de quatre jours

DOMITIAN

Mais j'aime Domitie & luy parler contre-elle,
C'est me mettre au hazard d'irriter l'infidelle.
Ne me condamne point, Albin à la trahir,
A joindre à ses mépris le droit de me haïr:
En vain ie veux contre elle écouter ma colere,
Toute ingrate qu'elle est ie tremble à luy déplaire.

ALBIN

Seigneur qu'elle mesure auez-vous à garder?
Quand on voit tout perdu, craint-on de hazarder
Et si l'ambition vers vn autre l'entraisne.
Que vous peut importer son amour, ou sa haine?

DOMITIAN

Qu'vn salutaire auis fait vne douce loy
A qui peut auoir l'ame aussi libre que toy!
Mais celle d'vn amant n'est pas cõme vne autre ame;
Il ne voit, il n'entend, il ne croit que sa flâme,
Du plus puissant remede il se fait vn poison,
Et la raison pour luy n'est pas tousiours raison.

ALBIN

Et si ie vous disois que desia Berenice
Est dans Rome, inconnuë, & par mon artifice?
Qu'elle surprendra Tite, & qu'elle y vient exprés
Pour de ce grand Hymen renuerser les apprests!

DOMITIAN

Albin, seroit-il vray?

ALBIN

La nouuelle vous flate;
Peut-estre est-elle fausse, attendez qu'elle éclate:
Sur tout à l'Empereur déguisez-la si bien....

DOMITIAN

Va, ie luy parleray comme n'en sçachant rien,

ACTE II.

SCENE PREMIERE.

TITE, FLAVIAN.

TITE.

QVoy, des Ambassadeurs que Berenice enuoye
Viennent icy, dis-tu, me témoigner sa joye,
M'apporter son hommage, & me féliciter,
Sur ce comble de gloire où ie viens de monter?

FLAVIAN

En attendant vostre ordre ils sont au Port d'Ostie.

TITE

Ainsi graces aux Dieux, sa flâme est amortie,
Et de pareils deuoirs sont pour moy des froideurs,
Puisqu'elle s'en rapporte à ses Ambassadeurs,
Iusqu'aprés mon Hymen remettons leur venüe,
I'aurois trop à rougir si j'y souffrois leur veüe,
Et receuois les yeux de ses propres Sujets
Pour en vieux témoins du vol que ie luy fais.
Car mon cœur fut son bien à cette belle Reine,
Et pourroit l'estre encor malgré Rome & sa haine,
Si ce diuin objet qui fut tout mon desir
Par quelque doux regard s'en venoit ressaisir.
Mais du haut de son trône elle aime mieux me rendre
Ces froideurs que pour elle on me força de prendre,
Peut-estre en ce moment que toute ma raison
Ne sçauroit sans desordre entendre son beau nom,
Entre les bras d'vn autre vn autre amour la liure,
Elle suit mon exemple, & se plaist à le suiure,
Et ne m'enuoye icy traiter de Souuerain.
Que pour brauer l'amant qu'elle charmoit en vain.

FLAVIAN

Si vous la renuoyiez, ie plaindrois Domitie,

TITE

Contre tous ses attraits ma raison endurcié
Feroit de Domitie encor la seureté,
Mais mon cœur auroit peu de cette dureté.
N'aurois-tu point appris qu'elle fust infidelle,
Qu'elle écoutast les Rois qui soupirent pour elle?
Dis-moy que Polemon régne dans son esprit,
I'en auray du chagrin, j'en auray du dépit,
D'vne viue douleur j'en auray l'ame atteinte,
Mais j epouseray l'autre auec moins de cantrainte.
Car enfin elle est belle, & digne de ma foy,
Elle auroit tout mon cœur, s'il étoit tout à moy,
La noblesse du sang, la grandeur de courage,
Font auec son merite vn illustre assemblage,
C'est le choix de mon pere, & ie connoy trop bien
Qu'à choisir en Cesar ce doit estre le mien:
Mais tout mon cœur renonce à luy faire justice
Dés que mon souuenir luy rend sa Berenice.

FLAVIAN.

Si de tels souuenirs vous sont encor si doux,
L'Hymenée a, Seigneur, peu de charmes pour vous.

TITE

Si de tels souuenirs ne me faisoient la guerre,
Seroit-il Potentat plus heureux sur la Terre?
Mon nom par la victoire est si bien affermy,
Qu'on me croit dans la paix vn Lion endormy:
Mon réueil incertain du Monde fait l'étude,
Mon repos en tous lieux jette l'inquietude.
Et tandis qu'en ma Cour les aimables loisirs
Menagent l'heureux choix des jeux & des plaisirs,
Pour enuoyer l'effroy sous l'vn & l'autre Pole,
Ie n'ay qu'à faire vn pas, & hausser la parole.
Que de felicité, si mes vœux imprudens
N'étoient de mon pouuoir les seuls indépendants!
Maistre de l'Vniuers sans l'estre de moy-mesme,
Ie suis le seul rebelle à ce pouuoir supréme,

D'vn feu que ie combats ie me laisse charmer,
Et n'aime qu'à regret ce que ie veux aimer.
En vain de mon Hymen Rome presse la pompe;
I'y veux de la lenteur, j'aime qu'on l'interrompe,
Et n'ose resister aux dangereux souhaits
De préparer tousiours & n'acheuer jamais.

FLAVIAN

Si ce dégoust, Seigneur, va jusqu'à la rupture,
Domitie aura peine à souffrir cette injure.
Ce jeune esprit qu'enteste, & le sang de Neron,
Et le choix qu'en Syrie on fit de Corbulon,
S'attribuë à l'Empire vn droit jmaginaire,
Et s'en fait comme vous vn rang hereditaire.
Si de vostre parole vn manque surprenant
La jette entre les bras d'vn homme entreprenant,
S'il l'vnit à quelque ame assez fiere & hautaine
Pour seruir son orgueil & seconder sa haine,
Vn vif ressentiment luy fera tout oser,
En vn mot il vons faut la perdre, ou l'épouser.

TITE

I'en sçay la politique, & cette loy crüelle
A presque fait l'amour qu'il m'a fallu pour elle.
Réduit au triste choix dont tu viens de parler
I'aime mieux Flauian l'aimer que l'immoler,
Et ne puis démentir cette horreur magnanime
Qu'en receuant le jour ie conceus pour le crime.
Moy qui seul des Cesars me vois en ce haut rang,
Sans qu'il en couste à Rome vne goutte de sang,
Moy que du genre humain on nomme les délices,
Moy qui ne puis souffrir les plus justes supplices,
Pourrois-ie authoriser vne injuste rigueur
A perdre vne Heroïne à qui ie doy mon cœur?
Non malgré les attraits de sa belle riuale,
Malgré les vœux flotans de mon ame inégale,
Ie veux l'aimer, ie l'aime, & sa seule beauté
Pourroit me consoler de ce que j'ay quitté;

Elle seule en ses yeux porte dequoy contraindre
Mes feux à s'assoupir s'ils ne peuuent s'eteindre,
Dequoy flater mon ame, & forcer mes douleurs
A souhaiter du moins de n'aimer plus ailleurs
Mais ie ne voy pas bien que j'en sois encor maistre;
Dés que ma flâme expire vn mot la fait renaistre,
Et mon cœur malgré-moy rappelle vn souuenir
Que ie n'ose écouter & ne sçaurois bannir.
Ma raison s'en veut faire en vain vn sacrifice,
Tout me ramene icy, tout m'offre Berenice,
Et mesme ie ne sçay par quel pressentiment
Ie n'ay souffert personne en son apartement.
Mais depuis son adieu si crüel & si tendre,
Il est demeuré vuide, & semble encor l'attendre.
Va, fay porter mon ordre à ses Ambassadeurs,
C'est trop entretenir d'inutiles ardeurs
Il est temps de chercher qui m'en puisse distraire,
Et le Ciel à propos enuoye icy mon frere.

FLAVIAN

Irez-vous au Senat?

TITE Non, il peut s'assembler
Sur ce déluge ardent qui nous a fait trembler
Et pouruoir sous mon ordre aux affreuses ruïnes
Dont ses feux ont couuert les campagnes voisines.

SCENE II.

TITE, DOMITIAN, ALBIN.

DOMITIAN

PVis-ie parler Seigneur, & de vostre amitié
Esperer vne grace à force de pitié?
Ie me suis jusqu'icy fait trop de violence,
Pour augmenter encor mes maux par mon silence,
Ce que ie vay vous dire est digne du trépas,
Mais aussi j'en mourray si ie ne le dis pas.
Apprenez-donc mon crime, & voyez s'il faut faire
Iustice d'vn coupable, ou grace aux vœux d'vn frere.

I'ay vû ce que j'aimois choisi pour estre à vous,
Et ie l'ay vû long-temps sans en estre jaloux,
Vous m'aimiez Domitie alors que par contrainte;
Vous vous faisiez effort j'imitois vostre feinte,
Et comme aux loix d'vn pere il falloit obeïr,
Ie feignois d'oublier vous de ne point haïr
Le Ciel qui dans vos mains met sa toute-puissance
Ne met-il point de borne à cette obeïssance?
La faut-il à son Ombre & que ce mesme effort
Vous déchire encor l'ame, & me donne la mort?

TITE

Souffrez sur cet effort que ie vous desabuse.
Il fut grand, & de ceux que tout le cœur refuse,
Pour en sauuer le mien ie fis ce que ie pus,
Mais ce qui fut effort à present ne l'est plus.
Sçachez-en la raison Sous l'empire d'vn pere
Ie murmuray tousiours d'vn ordre si seuere,
Et cherchay les moyens de tirer en longueur
Cet Hymen qui vous gesne & m'arrachoit le cœur.
Son trépas a changé toutes choses de face.
I'ay pris ses sentimens lors que j'ay pris sa place,
Ie m'impose à mon tour les loix qu'il m'imposoit,
Et me dis aprés luy tout ce qu'il me disoit
I'ay des yeux d'Empereur & n'ay plus ceux de Tite,
Ie vois en Domitie vn tout autre merite,
I'écoute la raison, j'en gouste les conseils,
Et j'aime comme il faut qu'aiment tous mes pareils.
Si dans les premiers jours que vous m'auez vû maître
Vostre feu mal-éteint auoit voulu paroistre.
I'aurois pû me combattre & me vaincre pour vous;
Mais si prés d'vn hymen si souhaité de tous,
Quand Domitie a droit de s'en croire asseurée,
Que le iour en est pris, la feste preparée,
Ie l'aime & luy dois trop pour jetter sur son front
L'éternelle rougeur d'vn si mortel affront.
Rome entiere, & ma foy l'appellant à l'Empire,

Voyez mieux de quel œil on m'en verroit dédiré,
Ce qu'ose se permettre vne femme en fureur,
Et combien Rome entiere auroit pour moy d'horreur

DOMITIAN

Elle n'en auroit point de vous voir pour vn frere
Faire autant que pour elle il vous à plû de faire.
Seigneur, à vos bontez laissez vn libre cours.
Qui se vainc vne fois peut se vaincre tousiours,
Ce n'est pas vn effort que vostre ame redoute.

TITE

Qui se vainc vne fois sçait bien ce qu'il en couste,
L'effort est assez grand pour en craindre vn second.

DOMITIAN

Ah si vostre grande ame à peine s'en répond,
La mienne qui n'est pas d'vne trempe si belle,
Reduite au mesme effort Seigneur que fera-t-elle?

TITE

Ce que ie fais, mon frere aimez ailleurs.

DOMITIAN Helas,

Ce qui vous fut aisé, Seigneur ne me l'est pas.
Quand vous auez changé voyez-vous Berenice?
De vostre changement son départ fut complice,
Vous l'auiez éloignée & j'ay deuant les yeux,
Ie voy presqu'en vos bras ce que j'aime le mieux,
Iugez de ma douleur par l'excés de la vostre,
Si vous voyez la reine entre les bras d'vn autre:
Contre vn riual heureux épargneriez-vous rien,
A moins que d'vn respect aussi grand que le mien?

TITE

Vangez-vous, j'y consens que rien ne vous retienne;
Ie prens vostre maistresse, allez prenez la mienne,
Epousez Berenice &...

DOMITIAN Vous n'acheuez point,

Seigneur, me pourriez-vous aimer iusqu'à ce point?

TITE

Ouy, si ie ne craignois pour vous l'injuste haine

Que

Que Rome conceuroit pour l'époux d'vne Reine,

DOMITIAN

Dites, dites, Seigneur qu'il est bien mal-aisé
De ceder ce qu'adore vn cœur bien embrasé.
Ne vous contraignez plus, ne gesnez plus vostre ame;
Satisfaite en maistre vne si belle flâme,
Quand vous aurez sçeu dire vne fois, Ie le veux,
D'vn seul mot prononcé vous ferez quatre heureux;
Berenice est tousiours digne de vostre couche,
Et Domitie enfin vous parle par ma bouche;
Car ie ne sçaurois plus vous le taire Ouy Seigneur;
Vous en voulez la main & j'en ay tout le cœur,
Elle m'en fit le don des la premiere veuë
Et ce don fut l'effet d'vne force impreueuë,
De cet ordre du Ciel qui verce en nos esprits
Les principes secrets de prendre & d'estre pris:
Ie vous dirois Seigneur qu'elle en est la puissance;
Si vous ne le sçauiez par vostre experience.
Ne rompez pas des nœuds, & si forts & si doux,
Rien ne les peut briser que le trépas ou vous.
Et c'est vn triste honneur pour vne si grande ame,
Que d'accabler vn frere, & contraindre vne femme.

TITE

Ie ne contraint personne & de sa propre voix
Nous allons vous & moy sçauoir quel est son choix.

SCENE III.

TITE, DOMITIAN DOMITIE, ALBIN, PLAVTINE.

TITE.

PArlez, parlez Madame & daignez nous aprendre
Où porte vostre cœur ce qu'il sent de plus tédre
Qui le possede entier de mon frere ou de moy?

DOMITIAN

En doutez-vous, Seigneur, quand vous auez ma foy?

TITE

I'aime à n'en point douter, mais on veut que i'en (douté,
On dit que cette foy ne vous donne pas toute,
Que ce cœur reste ailleurs. Parlez en liberté,
Et n'en consultez point cette noble fierté.
Ce digne orgueil du sans que mon rang sollicite:
De tout ce que ie suis ne regardez que Tite,
Et pour mieux écouter vos desirs les plus doux,
Entre le Prince & moy ne regardez que vous.

DOMITIE

Qu'auez-vous dit de moy, Prince?

DOMITIAN

Que dans vostre ame
Vous laissez viure encor nostre premiere flâme,
Et qu'en faueur du rang si vous m'osez trahir,
Ce n'est pas tant aimer madame, qu'obéir.
C'est en dire vn peu plus que vous n'auiez enuie,
Mais il y va de vous, il y va de ma vie
Et qui se voit si pres de perdre tout son bien
Se fait armes de tout, & ne ménage rien.

DOMITIE

Ie ne sçay de vous deux Seigneur, à ne rien feindre
Duquel ie dois le plus me loüer, ou me plaindre,
C'est aimer assez mal que remettre tous deux
Au choix de mes desirs le succez de vos vœux,
Et cette liberté par tous les deux offerte
Montre que tous les deux peuuent souffrir ma perte;
Et que tout leur amour est prest à consentir
Que mon cœur ou ma foy veuille se démentir.
Ie me plains de tous deux & vous plains l'vn & l'autre
Si pour voir tout ce cœur vous m'ouurez tout le (vostre,
Le prince n'agit pas en amant fort discret;
S'il ne m'impose rien il trahit mon secret,
Tout ce qu'il vous en dit m'offense ou vous abuse,
Mais ce que fait l'amour l'amour aussi l'excuse
Vous, Seigneur ie croyois que vous m'aimiez assez
Pour m'épargner le trouble où vous m'embarassez,

Et laisser pour couleur à mon peu de constance
La gloire d'obeïr à la toute puissance:
Vous m'ostez cette excuse & me voulez charger
De ce qu'a d'odieux la honte de changer.
Si le Prince en mon cœur garde encor mesme place,
C'est manquer de respect que vous le dire en face,
Et si mon choix pour vous n'est point violenté,
C'est trop d'ambition & d'infidelité.
Ainsi des deux costez tout sert à me confondre,
I'ay cent choses à dire & rien à vous répondre,
Et ne voulant déplaire à pas vn de vous deux,
Ie veux ainsi que vous douter où vont mes vœux.
Ce qui le plus m'étonne en cette deference
Qui veut du cœur entier vne entiere asseurance.
C'est que dans ce haut rang vous ne vouliez pas voir
Qu'il n'importe du cœur quand on sçait son deuoir,
Et que de vos pareils les hautes destinées
Ne le consultent point sur ces grands Hymenées.

TITE.

Si le vostre, Madame étoit de moindre prix...
Mais que veut Flauian.

SCENE IV.

TITE, DOMITIAN, DOMITIE, PLAVTINE, FLAVIAN, ALBIN.

FLAVIAN

Vous en serez surpris,
Seigneur, ie vous apporte vne grande nouuelle,
La Reine Berenice.

TITE Et bien? est infidelle?
Et son esprit charmé par vn plus doux soucy...

FLAVIAN

Elle est dans ce Palais, Seigneur, & la voicy.

SCENE V.

TITE, DOMITIAN BERENICE, DOMITIE, FLAVIAN, ALBIN PHILON, PLAVTINE.

TITE

O Dieux! est-ce madame aux Reines de surprẽdre?
Quel accueil, quels honneurs peuuent-elles attendre
Quand leur surprise enuie au souuerain pouuoir
Celuy de donner ordre à les bien receuoir?

BERENICE

Pardonnez-le, Seigneur, à mon impatience.
I'ay fait sous d'autres noms demander audience,
Vous la donniez trop tard à mes Ambassadeurs;
Ie n'ay pû tant attendre à voir tant de grandeurs,
Et quoy que par vous-mesme autrefois exilée,
Sans ordre & sans aueu ie me suis rappellée,
Pour estre la premiere à mettre à vos genoux
Le sceptre qu'à present ie ne tiens que de vous,
Et prendre sur les Rois cet illustre auantage
De leur donner l'exemple à vous en faire hommage;
Ie ne vous diray point auec quelles langueurs
D'vn si cruel exil j'ay souffert les longueurs,
Vous sçauez trop...

TITE Ie sçay vostre zele & l'admire,
Madame, & pour me voir possesseur de l'Empire,
Pour me rendre vos soins, ie ne méritois pas
Que rien vous peust resoudre à quitter vos Etats
Qu'vne si grande Reine en formast la pensée.
Vn voyage si long vous doit auoir lassée.
Conduisez-la, mon frere, en son apartement.
Vous, faites l'y seruir aussi pompeusement,
Auec le mesme éclat qu'elle s'y vit seruie,
Alors quelle faisoit le bonheur de ma vie.

SCENE VI.

TITE, DOMITIE, PLAVTINE, PHILON.

DOMITIE

Seigneur faut-il icy vous rendre vostre foy?
Ne regardez que vous entre la Reine & moy,
Parlez sans vous contraindre, & me daignez aprẽdré
Où porte vostre cœur ce qu'il sent de plus tendre.

TITE

Adieu, madame, Adieu dans le trouble où ie suis
Me taire & vous quitter c'est tout ce que ie puis.

SCENE VII.

DOMITIE, PLAVTINE.

DOMITIE

Se taire & me quitter! Aprés cette retraite
Crois-tu qu'vn tel Arrest ait besoin d'interprété?

PLAVTINE

Ouy, madame & ce n'est que desrober au jour,
Que vous cacher le trouble où le met ce retour.

DOMITIE

Non non, tu l'as voulu Plautine que ie vinsse
Desauoüer icy les vanitez du Prince,
Empescher qu'vn amant dont ie n'ay pas le cœur
Ne cedast ma conqueste à mon premier vainqueur;
Voy la honte qu'ainsi ie me suis attirée.
Quand sa Reine a paru m'a-t-il considerée?
A-t-il jetté les yeux sur moy qu'en me quittant?

PLAVTINE

Pensez-vous que sa Reine ait l'esprit plus content?
Auant que vous quitter luy-mesme il l'a bannie.

DOMITIE

Ouy mais auec respect auec cerémonie,
Auec des yeux enfin qui l'éloignant des miens
Luy promettoient assez de plus doux entretiens.
Tu me diras encor, que la chose est égale,

Que s'il m'ose quitter il chasse ma riuale,
Mais pour peu qu'il m'aimast du moins il mauroit dit
Que ie garde en son ame encor mesme credit,
Il m'en auroit donné des seuretez nouuelles,
Il m'en auroit laissé quelques marques fidelles.
S'il me vouloit cacher le trouble où ie le voy,
La plus mauuaise excuse étoit bonne pour moy:
Mais pour toute réponse il se taist & me quitte,
Et tu ne peux souffrir que mon cœur s'en irrite!
Tu veux, lors que luy-mesme ose se déclarer,
Que ie me flate encor assez pour esperer!
C'est auec le perfide estre d'intelligence,
Sans me flatter en vain courons à la vangeance,
Faisons voir ce qu'en moy pour le sang de Neron,
Et que ie suis de plus fille de Corbulon.

PLAVTINE

Vous l'estes mais enfin c'est n'estre qu'vne fille,
Que le reste impuissant d'vne illustre famille.
Contre vn tel Empereur où prendrez-vous des bras?

DOMITIE

Contre vn tel Empereur nous n'en manquerons pas.
S'il épouse sa reine, il est l'horreur de Rome,
Trouuons alors, trouuons vn grand cœur, vn grand homme,
Vn Romain qui réponde au sang de mes Ayeux,
Et pour le réuolter laisse faire à mes yeux.
Iuge par le pouuoir de ceux de Berenice,
Si les miens auront peine à s'en faire justice.
Si ceux-là forcent Tite à me manquer de foy,
Ceux-cy feront briser le joug d'vn nouueau Roy;
Et si de l'vniuers les siens charment le maistre
Les miens charmeront ceux qui meritent de l'estre.
Dy-le moy, tu l'as veuë, ay-ie peu de raison
Quand de mes yeux aux siens ie fais comparaison?
Est-elle plus charmante? ay-ie moins de merite?
Suis-ie moins digne qu'elle enfin du cœur de Tite?

PLAVTINE

madame..

DOMITIE

Ie m'emporte & mes sens interdits
Impriment leur desordre en tout ce que ie dis.
Comment sçaurois-ie aussi ce que ie te dois dire,
Si ie ne sçay pas mesme à quoy mon ame aspire?
Mon aueugle fureur s'égare à tous propos:
Allons penser à tout auec plus de repos.

PLAVTINE

Vous pourriez hazarder vn moment de visite
Pour voir si ce retour est sans l'aueu de Tite,
Ou si c'est de concert qu'il a fait le surpris.

DOMITIE.

Ouy, mais auparauant remettons nos esprits.

ACTE III.

SCENE PREMIERE.

DOMITIAN, BERENICE, PHILON.

DOMITIAN

IE vous l'ay dit, Madame & j'aime à le redire.
Qu'il est beau qu'à vous plaire vn Empereur aspire
Qu'il luy doit estre doux qu'vn veritable feu
Par de justes soupirs merite vostre aueu!
Seroit-ce vn crime à moins? Seroit-ce vous deplaire
Apres vn Empereur de vous offrir son frere?
Et voudriez-vous croire en faueur de ma foy
Qu'vn frere d'Empereur pourroit valoir vn Roy?

BERENICE

Si vostre ame Seigneur en veut estre éclaircie,
Vous pouuez le sçauoir de vostre Domitie
De tous les deux aimée, & douce à tous les deux.
Elle sçait mieux que moy cõme on change de vœux,
Et sçait peut-estre mal la route qu'il faut prendre

Pout trouuer le secret de les faire descendre,
Quelque facilité qu'elle ait euë à trouuer,
Malgré sa flame & vous, l'art de les éleuer.
Pour moy qui n'eus iamais l'hõneur d'estre Romaine
Et qu'vn destin jaloux n'a fait naistre que Reine,
Sans qu'vn de vous descende au rang que ie remplis;
Ce me doit estre assez d'vn de vos Affranchis,
Et si vostre Empereur suit les traces des autres,
Il suffit d'vn tel sort pour releuer les nostres.
Mais changeons de discours & me dites Seigneur,
Par quel ordre aujourd'huy vous m'offrez vostre (cœur.
Est-ce pour obliger ou Domitie, ou Tite?
N'ose-t-il me quitter à moins que ie le quitte?
Et peut-il à son rang si peu se confier
Qu'il veuille mon exemple à se justifier?
Me donne-t-il à vous alors qu'il m'abandonne?

DOMITIAN

Il vous respecte trop, c'est à vous qu'il me donne,
Et me fait la justice en m'enleuant mon bien,
De vouloir que ie tasche à m'enrichir du sien:
Mais à peine il le veut, qu'il craint pour moi la haine
Que Rome conceuroit pour l'époux d'vne Reine,
C'est à vous de juger d'où part ce sentiment:
En vain par Politique il fait ailleurs l'amant,
Il s'y réduit en vain par grandeur de courage;
A ces fausses clartez oppolez quelque ombrage,
Et ie renonce au iour s'il ne reuient à vous,
Pour peu que vous panchiez à le rendre jaloux.

BERENICE

Peut-estre, mais Seigneur croyez-vous Berenice?
D'vn cœur à s'abaisser jusqu'à cet artifice,
Iusques à mendier laschement le retour
De ce qu'vn grand seruice a merité d'amour?

DOMITIAN

Madame, sur ce point ie n'ay rien à vous dire.
Vous sçauez ce que vaut l'Empereur & l'Empire,

Et

Et si vous consentez qu'on vous manque de foy,
Vous pouuez regarder si ie vaux bien vn Roy,
I'apperçoy Domitie, & luy cede la place.

SCENE II.

DOMITIE, BERENICE, DOMITIAN, PHILON.

DOMITIE.

IE vay me retirer Seigneur, si ie vous chasse,
Et j'ay des interests que vous seruez trop bien,
Pour arrester le cours d'vn si long entretien.

DOMITIAN

Ie faisois à la Reine vne offre de seruice
Qui peut vous asseurer le rang d'imperatrice,
Madame & si j'en suis accepté pour époux,
Tite n'aura plus d'yeux pour d'autres que pour vous.
Est-ce vous mal seruir?

DOMITIE Quoy madame, il vous aime?

BERENICE

Non, mais il me le dit, madame,

DOMITIE Luy?

BERENICE Luy-mesme;
Est-ce vous offenser que m'offrir vos refus,
Et vous doit-il vn cœur dont vous ne voulez plus?

DOMITIE

Ie ne sçay si ie puis vous dire s'il m'offence,
Quand vous vous preparez à prendre sa defence;

BERENICE

Et moy ie ne sçay pas s'il a droit de changer,
Mais ie sçay que l'amour ne peut désobliger.

DOMITIE

Du moins ce nouueau feu rend justice au merite.

DOMITIAN

Vous m'auez commandé de quitter qui me quitte,
Vous le sçauez, Madame & si c'est vous trahir,
Vous m'auoûrez aussi que c'est vous obéir.

DOMITIE

S'il échape à l'amour vn mot qui le trahisse,
A l'effort qu'il se fait veut-il qu'on obéïsse?
Il cherche vne reuolte & s'en laisse charmer,
Vous le sçauriez, ingrat si vous sçauiez aimer,
Et ne vous feriez pas l'indigne violence
De vous offrir ailleurs, & mesme en ma presence.

DOMITIAN *à Berenice.*

Madame, vous voyez ce que ie vous ay dit
La preuue est conuaincante & l'éxemple suffit.

BERENICE

Il suffit pour vous croire & non pas pour le suiure.

DOMITIE

Allez, sous quelques loix qu'il vous plaise de viure,
Viuez-y, i'y consens mais vous pouuiez Seigneur
Vous haster vn peu moins de m'oster vostre cœur,
Attendre que l'honneur de ce grand Hymenée
Vous renuoyast la foy que vous m'auez donnée:
Si vous vouliez passer pour veritable amant,
Il falloit esperer jusqu'au dernier moment,
Il vous falloit..

DOMITIAN

Et bien puis qu'il faut que j'espere,
Madame, faites grace à l'Empereur mon frere,
A la Reine, à vous-mesme enfin, si vous m'aimez
Autant qu'il le paroist à vos yeux alarmez.
Les scrupules d'Etat qu'il falloit mieux combatre
Assez & trop long-tẽps nous ont gesnez tous quatre;
Réunissez des cœurs de qui rompt l'vnion,
Cette Chimere en Tite, en vous l'ambition.
Vous trouuerez au mien encor les mesmes flames
Qui dés que ie vous vis charmerent nos deux ames;
Dés ce premier moment j'adoray vos appas,
Dés ce premier moment ie ne vous déplus pas,
Ay-ie épargné depuis aucuns soins pour vous plaire?
Est-ce vn crime pour moy que l'ainesse d'vn frere,
Et faut-il m'accabler d'vn éternel ennuy,

Pour auoir veu le iour deux lustres aprés luy,
Comme si de mon choix il dependoit de naistre
Dans le temps qu'il falloit pour deuenir son maistre?
Au nom de vostre amour, & de ce digne amant,
Madame qui vous aime encor si chérement,
Prenez quelque pitié d'vn amant déplorable,
Faites-la partager à cette inéxorable,
Dissipez la fierté d'vne injuste rigueur,
Pour juge entre elle & moy ie ne veux que son cœur
Ie vous la fais auec elle arbitre de ma vie.
Adieu Madame Adieu trop aimable ennemie.

SCENE III.

BERENICE, DOMITIE, PHILON.

BERENICE

LEs intérest du Prince auancent trop le mien,
Pour vous oser Madame importuner de rien,
Et l'inciuilité de la moindre priere
Sembleroit vous presser de me rendre son frére.
Tout ce qu'en sa faueur ie croy m'estre permis,
Aprés qu'à vostre cœur luy-mesme il s'est remis,
C'est de vous faire voir ce que hazarde vne ame
Qui sacrifie au rang les douceurs de sa flame,
Et quel long repentir suit ces nobles ardeurs
Qui soumettent l'amour à l'éclat des grandeurs.

DOMITIE

Quand les choses Madame auront changé de face,
Ie reuiendray sçauoir ce qu'il faut que ie fasse,
Et demander vostre ordre auec émpressement
Sur le choix ou du prince ou de quelque autre amãt.
Agréez cependant vn respect qui m'amene
Vous rendre mes deuoirs comme à ma Souueraine,
Car ie n'ose douter que déja l'Empereur
Ne vous ait redonné bonne part en son cœur.
Vous auez sur vos Rois pris ce digne auantage,
D'estre icy la premiere à rendre vn juste hommage,

Et pour vous imiter ie veux auoir le bien
D'estre aussi la premiere à vous offrir le mien.
Cet éxemple qu'aux Rois vous dõnez pour vn hõmé,
I'aime pour vne Reine à le donner à Rome,
Et plus il est nouueau plus j'ay lieu d'esperer
Que de quelques bontez vous voudrez m'honorer.

BERENICE

A vous dire le vray, sa nouueauté m'étonne,
I'aurois eu quelque peine à vous croire si bonne,
Et ie receurois l'offre auec confusion,
Si ie n'y soupçonnois vn peu d'illusion.
Quoy qu'il en soit, Madame, en cette incertitude
Qui nous met l'vne & l'autre en quelque inquiétude
Ce que ie puis répondre à vos ciuilitez,
C'est de vous demander pour moy mesme bontez,
Et que celle des deux qui sera satisfaite
Traite l'autre de l'air qu'elle veut qu'on la traite.
I'ay veu Tite se rendre au peu que i'ay d'appas,
Ie ne l'espere plus & n'y renonce pas.
Il peut se souuenir dans ce grade sublime
Qu'il soumit vostre Rome en détruisant Solyme,
Qu'en ce siége pour luy ie hazarday mon rang,
Prodiguay mes trésors, & mes peuples leur sang,
Et que s'il me fait part de sa toute-puissance,
Ce cera moins vn don qu'vne reconnoissance.

DOMITIE

Ce sont là de grands droits, & si l'amour s'y joint,
Ie dois craindre vne cheute à n'en releuer point,
Tite y peut adjouster que ie n'ay point la gloire
D'auoir sur ma Patrie étendu sa victoire,
De l'auoir saccagée & détruite à l'enuy,
Et renuersé l'Autel du Dieu que i'ay seruy.
C'est par là qu'il vous doit cette haute fortuné,
Mais ie commence à voir que ie vous importune.
Adieu quelque autre fois nous suiurons ce discours.

BERENICE

BERENICE

Ie ſuis vénuë icy trop toſt de quatre jours,
I'en ſuis au deſeſpoir, & vous en fais excuſe.

DOMITIE

Dans quatre iours. Madame, on verra qui s'abuſe.

SCENE IV.

BERENICE, PHILON.

BERENICE

QVel caprice, Philon, l'amene juſqu'icy
M'expliquer elle-meſme vn ſi cuiſant ſoucy?
Tite aprés mon départ l'auroit-il maltraitée?

PHILON

Aprés voſtre départ il l'a ſoudain quittée,
Madame & s'eſt défait de cet eſprit jaloux
Auec vn compliment encor plus court qu'à vous.

BERENICE

Ainſi tout eſt égal, s'il me chaſſe, il la quitte,
Mais ce peu qu'il m'a dit ne peut qu'il ne m'irrite,
Il marque trop pour moy ſon infidelité
Voy de ſes derniers mots qu'elle eſt la dureté;
Qu'on la ſerue, a-t-il dit, *comme elle fut ſeruie*
Alors qu'elle faiſoit le bon-heur de ma vie.
Ie ne le fais donc plus ! Voila ce que i'ay craint.
Il fait en liberté, ce qu'il faiſoit contraint,
Cet ordre de ſortir ſi prompt & ſi ſeuere,
N'a plus pour s'excuſer l'authorité d'vn pere,
Il eſt libre, il eſt maiſtre il veut tout ce qu'il fait.

PHILON

Du peu qu'il vous a dit j'attens vn autre effet.
Le trouble de vous voir auprés d'vne riuale
Vouloit pour ſe remettre vn moment d'interualle,
Et quand il a rompu ſi-toſt vos entretiens,
Ie liſois dans ſes yeux qu'il éuitoit les ſiens,
Qu'il fuyoit l'embarras d'vne telle preſence.
Mais il vient à ſon tour prendre ſon audience,

Madame. & vous voyez si j'en sçay bien juger.
Songez de quelle sorte il faut le ménager.

SCENE V.

TITE, BERENICE, FLAVIAN, PHILON,

BERENICE.

ME cherchez-vous, Seigneur, aprés m'auoir chassée?

TITE

Vous auez sçeu mieux lire au fond de ma pensée,
Madame, & vostre cœur connoit assez le mien,
Pour me justifier sans que j'explique rien.

BERENICE

Mais justifira-t-il le don qu'il vous plaist faire
De ma propre personne au Prince vostre frere?
Et n'est-ce point assez de me manquer de foy
Sans prendre encor le droit de disposer de moy?
Pouuez-vous iusque-là me bannir de vostre ame,
Le pouuez-vous, Seigneur?

TITE

Le croyez-vous Madame?

BERENICE

Hélas que j'ay de peur de vous dire que non!
I'ay voulu vous haïr dés que j'ay sceu ce don,
Mais à de tels courroux l'ame en vain se confie,
A peine ie vous voy que ie vous justifie.
Vous me manquez de foy, vous me donnez, chassez,
Que de crimes! vn mot les a tous effacez.
Faut-il, Seigneur faut-il que ie ne vous accuse
Que pour dire aussitost que c'est moy qui m'abuse,
Que pour me voir forcée à répondre pour vous?
Epargnez cette honte a mon dépit jaloux
Sauuez-moy du desordre où ma bonté m'expose;
Et du moins par pitié dites-moy quelque chose:
Accusez-moy plustost Seigneur à vostre tour,
Et m'imputez pour crime vn trop parfait amour.
Vos chimeres d'Etat vos indignes scrupules
Ne pourront-ils iamais passer pour ridicules?

En souffrez-vous encor la tyrannique loy?
Ont-ils encor sur vous plus de pouuoir que moy?
Du bonheur de vous voir j'ay l'ame si rauie,
Que pour peu qu'il durast j'oublirois Domitie.
Pourrez-vous l'epouser dans quatre jours! O Cieux!
Dans quatre iours! Seigneur, y voudrez-vous mes yeux?
Vous plairez-vous à voir qu'en triomphe menée
Ie serue de victime à ce grand Hymenée,
Que traisnée auec pompe aux marches de l'Autel
I'aille de vostre main attendre vn coup mortel?
M'y verrez-vous mourir sans verser vne larme?
Vous y preparez-vous sans trouble & sans alarme?
Et si vous conceuez l'excez de ma douleur,
N'en rejallit-il rien jusque dans vostre cœur?

TITE

Helas, Madame helas, pourquoy vous ay-ie veuë,
Et dans quel contre-temps étes-vous reuenuë?
Ce qu'on fit d'injustice à de si chers appas
M'auoit assez cousté pour ne l'enuier pas,
Vostre absence & le temps m'auoient fait quelque grace,
I'en craignois vn peu moins les malheurs où ie passe,
Ie souffrois Domitie, & d'assidus efforts
M'auoient malgré l'amour fait maistre du dehors,
La contrainte sembloit tourner en habitude,
Le joug que ie prenois m'en paroissoit moins rude,
Et j'allois estre heureux, du moins aux yeux de tous,
Autant qu'on le peut estre en n'estant point à vous,
I'allois...

BERENICE

N'acheuez point, c'est-là ce qui me tuë,
Et ie pourrois souffrir vostre Hymen à ma veuë,
Si vous auiez choisi quelque objet sans éclat
Qui ne pûst estre à vous que par raison d'Etat,
Qui de ses grands Ayeux n'eust receu rien d'aimable,
Qui n'en eust que le nom qui fust considerable.

Il s'est assez puny de son manque de foy,

Me dirois-ie, *& son cœur n'en est pas moins à moy.*
Mais Domitie est belle, elle a tout l'auantage
Qu'adjouste vn vray merite à l'éclat du visage,
Et pour nous épargner les discours superflus,
Elle est digne de vous si vous ne m'aimez plus.
Elle a tousiours charmé le Prince vostre frere,
Elle a gaigné sur vous de ne vous plus déplaire,
L'Hymen acheuera de me faire oublier,
Elle aura vostre cœur & l'aura tout entier.
Seigneur faites moy grace, épousez Sulpitie,
Ou Camille, ou Sabine, & non pas Domitie,
Choisissez en quelqu'vne enfin dont le bonheur
Ne m'oste que la main, & me laisse le cœur.

TITE

Domitie aisément souffriroit ce partagé,
Ma main satisferoit l'orgueil de son couragé,
Et pour le cœur, à peine il vous sçait en ces lieux,
Qu'il reuient tout entier faire hommage à vos yeux.

BERENICE

N'importe, ayez pitié, Seigneur de ma foiblesse,
Vous auez vn cœur fait à changer de maistresse,
Vous ne sçauez que trop l'art de manquer de foy,
Ne l'exercerez vous iamais que contre moy?

TITE

Domitie est le choix de Rome & de mon peré,
Ils crûrent à propos de l'oster à mon frere,
De crainte que ce cœur jeune & présomptueux
Ne rendist temeraire vn Prince impetueux.
Si pour vous obeïr ie luy suis infidelle,
Rome qui l'a choisie y consentira-t-elle?

BERENICE

Quoy, Rome ne veut pas, quand vous auez voulu?
Que faites vous, Seigneur du pouuoir absolu?
N'étes-vous dans ce trosne où tant de monde aspire
Que pour assujettir l'Empereur à l'Empire?
Sur ces plus hauts degrez Rome vous fait la loy!

Elle affermit ou rompt le don de vostre foy!
Ah! si j'en puis juger sur ce qu'on voit paroistre,
Vous en estes l'esclaue encor plus que le maistre.

TITE

Tel est le triste sort de ce rang souuerain,
Qui ne dispence pas d'auoir vn cœur Romain;
Ou plustost des Romains tel est le dur caprice
A suiure obstinément vne aueugle injustice,
Qui rejettant d'vn Roy le nom plus que les loix,
Accepte vn Empereur plus puissant que cent Rois.
C'est ce nom seul qui donne à leurs farouches haines
Cette inuincible horreur qui passe jusqu'aux Reines
Iusques à leurs époux, & vos yeux adorez
Verroient de nostre Hymen naistre cent conjurez.
Encor s'il n'y falloit hazarder que ma vie,
Si ma perte aussi-tost de la vostre suiuie...

BERENICE

Non, Seigneur, ce n'est pas aux Reines comme moy,
A hazarder leurs jours pour signaler leur foy.
La plus illustre ardeur de perir l'vn pour l'autre
N'a rien de glorieux pour mon rang & le vostre,
L'amour de nos pareils la traite de fureur,
Et ces vertus d'amant ne sont pas d'Empereur.
Mes secours en Iudée acheuerent l'ouurage
Qu'auoit des Légions ébauché le suffrage;
Il m'est trop précieux pour le mettre au hazard.
Et j'y pouuois Seigneur, mériter quelque part,
N'estoit qu'affermissant vostre heureuse fortune
Ie n'ay fait qu'empescher quelle nous fust commune
Si j'eusse eu moins pour elle ou de zele ou de foy,
Vous seriez moins puissant, mais vous seriez à moy;
Vous n'auriez que le nom de General d'Armée.
Mais j'aurois pour époux l'amant qui m'a charmée,
Et ie possederois dans ma Cour en repos
Au lieu d'vn Empereur, le plus grand des Heros;

TITE

Et bien Madame il faut renoncer à ce titre
Qui de toute la Terre en vain me fait l'arbitre;
Allons dans vos Etats m'en donner vn plus doux,
Ma gloire la plus haute est celle d'estre à vous.
Allons où ie n'auray que vous pour Souueraine,
Ou vos bras amoureux seront ma seule chaisne,
Ou l'Hymen en triomphe à jamais l'étreindra,
Et soit de Rome esclaue & maistre qui voudra.

BERENICE

Il n'est plus temps, ce nom si sujet à l'Enuie
Ne se quitte jamais, Seigneur, qu'auec la vie;
Et des nouueaux Cesars la tremblante fierété
N'ose faire de grace à ceux qui l'ont porté.
Qui la pris vne fois est tousiours punissable.
Ce fut par là qu'Othon se traita de coupable;
Par là Vitellius merita le trepas.
Et vous n'auriez par tout qu'assassins sur vos pas.

TITE

Que faire donc, Madame?

BERENICE

Assurer vostre vie.
Et s'il y faut enfin la main de Domitie..
Mais Adieu sur ce point si vous pouuez douter,
Ce n'est pas moy Seigneur qu'il en faut consulter.

TITE *à Berenice qui se retire*

Non Madame, & deust-il m'en couter trosne & vie,
Vous ne me verrez point épouser Domitie.
Ciel, si vous ne voulez qu'elle régne en ces lieux,
Que vous m'estes cruel de la rendre à mes yeux!

ACTE IV.

SCENE PREMIERE.

BERENICE PHILON.

BERENICE

Avez-vous sceu Philon quel bruit & quel murmure
Fait mon retour à Rome en cette conjoncture?

PHILON

Ouy Madame j'ay veu presque tous vos amis,
Et sçeu d'eux quel espoir vous peut estre permis.
Il est peu de Romains qui panchent la balance
Vers l'extréme hauteur ou l'extréme indulgence;
La plusspart d'eux embrasse vn aduis moderé,
Par qui vostre retour n'est pas des-honoré,
Mais à l'Hymen de Tite il vous ferme la porte.
La fiere Domitie est par tout la plus forte,
La vertu de son pere & son illustre sang
A son ambition asseure ce haut rang
Il est peu sur ce point de voix qui se diuisent,
Madame & quant à vous voicy ce qu'ils en disent.
Elle a bien seruy Rome il le faut auouer
L'Empereur & l'Empire ont lieu de s'en louer.
On luy doit des honneurs des tiltres sans exemples:
Mais enfin elle est Reine elle abhorre nos Temples,
Et sert vn Dieu jaloux qui ne peut endurer
Qu'aucun autre que luy se fasse reuerer
Elle traite à nos yeux les nostres de fantosme
On peut luy prodiguer des villes des Royaumes
Il fit des Rois pour elle & desia Polemon
De ce Dieu qu'elle adore inuoque le seul nom,
Des nostres pour luy plaire il dedaigne le culte;
Qu'elle regne auec luy sans nous faire d'insulte.
Si ce trosne & le sien ne luy suffisent pas,

Rome est preste d'y ioindre encor d'autres Etats,
Et de faire éclater auec magnificence
Vn iuste & plein effet de sa reconnoissance.

BERENICE

Qu'elle répande ailleurs ces effets éclatans,
Et ne m'enleue point le seul où ie pretens.
Elle n'a point de part en ce que ie merite,
Elle ne me doit rien, ie n'ay seruy que Tite,
Si j'ay veu sans douleur mon pays desolé
C'est à Tite, à luy seul que j'ay tout immolé.
Sans luy, sans l'esperance à mon amour offerte,
I'aurois seruy Solyme, ou pery dans sa perte,
Et quand Rome s'efforce à m'arracher son cœur,
Elle sert le couroux d'vn Dieu juste vangeur,
Mais acheuez Philon ne dit-on autre chose?

PHILON

On parle des périls où vostre amour l'expose.
De cet Hymen dit-on, les nœuds si desirez
Seruiront de prétexte à mille coniurez
Ils pourront souleuer iusqu'à son propre frere.
Il se voulut iadis cantonner contre un pere,
N'eust esté Mucian qui le tint dans Lyon
Il se faisoit le Chef de la rebellion
Auouoit Ciuilis appuyoit ses Bataues,
Des Gaulois belliqueux soulsuoit les plus braues.
Et les deux bords du Rhin l'auroient pour Empereur,
Pour peu qu'eust Cereal ecouté sa fureur.
Il aime Domitie, & regne dans son ame,
Si Tite ne l'épouse, il en fera sa femme,
Vous sçauez de tous deux quelle est l'ambition,
Iugez ce qui peut suiure vne telle vnion.

BERENICE

Ne dit-on rien de plus?

PHILON

Ah, Madame ie tremble
A vous dire encor...

BERENICE

Quoy?

Philon

PHILON Que le Senat s'assemble.

BERENICE

Quelle est l'occasion qui le fait assembler?

PHILON

L'occasion n'a rien qui vous doiue troubler,
Et ce n'est qu'à dessein de pouruoir aux dommages;
Que du Vésuve ardent ont causé les rauages;
Mais domitie aura des amis, des parens,
Qui pourront bien aprés vous mettre sur les rangs.

BERENICE

Quoy que sur mes destins ils vsurpent d'empire,
Ie ne voy pas leur maistre en état d'y souscrire.
Philon laissons-les faire; Ils n'ont qu'à me bannir,
Pour trouuer hautement l'art de me retenir,
Contre toutes leurs voix ie ne veux qu'vn suffrage,
Et l'ardeur de me nuire acheuera l'ouurage,
Ce n'est pas qu'en effet la gloire où ie pretens
N'offre trop de prétexte aux esprits mécontens.
Ie ne puis jetter l'œil sur ce que ie suis née
Sans voir que de périls suiuront cet Hymenée;
Mais pour y paruenir s'il faut trop hazarder,
Ie veux donner le bien que ie n'ose garder;
Ie veux du moins, je veux oster à ma riuale
Ce miracle viuant, cette ame sans égale,
Qu'en dépit des Romains leur digne Souvérain,
S'il prend une moitié la prenne de ma main,
Et pour tout dire enfin, je veux que Berenice
Ait une creature en leur Imperatrice;
Ie voy Domitian contre tous leurs Arrests
Il n'est pas mal aisé d'vnir nos interests.

SCENE II.

DOMITIAN, BERENICE, PHILON, ALBIN.

BERENICE

AVriez-vous au Sénat, Seigneur assez de brigue,
Pour combatre & confondre vne insolēte ligue.

S'il ne s'assemble pas exprés pour m'exiler,
I'ay quelques enuieux qui pourront en parler.
L'éxil m'importe peu j'y suis accoustumée,
Mais vous perdez l'objet dõt vostre ame est charmée;
L'audacieux decret de mon bannissement
Met vostre Domitie aux bras d'vn autre amant,
Et vous pourrez juger que s'il faut qu'on m'éxile
Sa conqueste pour vous n'en est pas plus facile
Voyez si vostre amour se veut laisser rauir
Cet vnique secours qui pouuoit le seruir.

DOMITIAN

On én pourra parler, Madame, & mon ingraté
En a déja conceu quelque espoir qui la flate;
Mais ie puis dire aussi que le rang que ie tiens
M'a fait assez d'amis pour opposer aux siens,
Et que si dés l'abord ils ne les font pas taire, (plairé.
Ils rompront le grand coup qui seul nous peut dé-
Non que tout cet espoir ne coure grand hazard,
Si vostre amant volage y prent la moidre part,
On l'aime, & si son ordre à nos amis s'oppose,
Leur plus fidelle ardeur osèra peu de chose.

BERENICE

Ah Prince, ie mourray de honte & de douleur,
Pour peu qu'il contribuë à faire mon malheur;
Mais ie n'ay qu'à le voir pour calmer ces alarmes.

DOMITIAN

Ny perdez point de tẽps portez y tous vos charmes;
N'en oubliez aucun dans vn péril si grand.
Peut-estre ainsi que vous ce dessein le surprend;
Mais ie crains qu'aprés tout son ame irresoluë
Ne relasche vn peu trop sa puissance absoluë,
Et ne laisse au Senat décider de ses vœux
Pour se faire vne excuse enuers l'vne des deux.

BERENICE (ployé;

Quelques efforts qu'on fasse, & quelque art qu'on dé-
Ie vous répons de tout, pourueu que ie le voye,

Et ie ne croy pas mesme au pouuoir de vos Dieux
De luy faire épouser Domitie à mes yeux.
Si vous l'aimez encor, ce mot vous doit suffire.
Quant au Senat, qu'il m'oste ou me donne l'Empire,
Ie ne vous diray point à quoy ie me resous.
Voicy vostre inconstante. Adieu, pensez à vous.

SCENE III.

DOMITIAN, DOMITIE, ALBIN, PLAVTINE.

DOMITIE

PRince si vous m'aimez, l'occasion est belle.

DOMITIAN

Si ie vous aime? Est-il vn amant plus fidelle?
Mais, Madame, sçachons ce que vous souhaitez.

DOMITIE

Vous me seruirez mal, puisque vous en doutez.
L'amant digne du cœur de la beauté qu'il aime
Sçait mieux ce qu'elle veut que ce qu'il veut luy mesme
Mais puisque j'ay besoin d'expliquer mon courroux,
I'en veux à Berenice à l'Empereur, à vous.
A luy, qui n'ose plus m'aimer en sa presence,
A vous, qui vous mettez de leur intelligence,
Et dont tous les amis vont seruir vn amour
Qui me rend à vos yeux la Fable de la Cour.
Si vous m'aimez, Seigneur, il faut sauuer ma gloire;
M'asseurer par vos soins vne pleine victoire.
Il faut...

DOMITIAN

Si vous croyez vostre bonheur douteux
Vostre retour vers moy seroit-il si honteux?
Suis-je indigne de vous? suis-ie si peu de chose,
Que toute vostre gloire à mon amour s'oppose?
Ne voit-on plus en moy ce que vous estimiez
Et suis-je moindre enfin qu'alors que vous m'aimiez?

DOMITIE

Non, mais vn autre espoir va m'accabler de honte,

Quand le trosne m'attend si Berenice y monte:
Deliurez-en mes yeux & prestez-moy la main
Du moins à soustenir l'honneur du nom Romain.
De quel œil verrez-vous qu'vne Reine étrangere.

DOMITIAN

De l'œil dont ie verrois que l'Empereur mon frere
En prist d'autres pour vous ranimast mon espoir,
Et pour se rendre heureux vsast de son pouuoir.

DOMITIE

Ne vous y trompez pas, s'il me donne le change,
Ie ne suis point à vous, ie suis à qui me vange,
Et trouueray peut-estre à Rome assez d'appuy
Pour me vanger de vous aussi-bien que de luy.

DOMITIAN

Et c'est du nom Romain la gloire qui vous touche.
Madame? & vous l'auez au cœur cõme en la bouche?
Ah que le nom de Rome est vn nom precieux
Alors qu'en la seruant on se sert encor mieux,
Qu'auec nos interests ce grand deuoir conspire,
Et que pour recompense on se promet l'Empire!
Parlons à cœur ouuert, Madame, & dites-moy
Quel fruit ie dois attendre enfin d'vn tel employ.

DOMITIE.

Voulez-vous pour seruir estre seur du salaire,
Seigneur, & n'auez-vous qu'vn amour mercenaire?

DOMITIAN

Ie n'en connoy point d'autre, & ne concoy pas bien
Qu'un amant puisse plaire en ne pretendant rien.

DOMITIE

Que cés prétensions sentent les ames basses!

DOMITIAN

Les Dieux à qui les sert font esperer des gracés.

DOMITIE

Les exemples des Dieux s'appliquent mal sur nous.

DOMITIAN

Ie ne veux donc, Madame, autre exemple que vous.

N'attendez

N'attendez-vous de Tite, & n'auez-vous pour Tite
Qu'vne stérile ardeur qui s'attache au mérite?
De vos destins aux siens pressez-vous l'vnion
Sans vouloir aucun fruit de tant de passion?

DOMITIE.

Peut-estre en ce dessein ne suis-ie interessée
Que par l'interest seul de ma gloire blessée:
Croyez-moy généreuse, & soyez généreux,
N'aimez plus, ou n'aimez que comme ie le veux.
Ie sçay ce que ie dois à l'amant qui m'oblige,
Mais j'ayme qu'on l'attende, & non-pas qu'on l'exige
Et qui peut immoler son intérest au mien
Peut se promettre tout de qui ne promet rien.
Peut-estre qu'en l'estat où ie suis auec Tite,
Ie veux bien le quitter mais non pas qu'il me quitte
Vous en dis-ie trop peu pour vous l'imaginer?
Et depuis quand l'amour n'ose-t-il deuiner?
Tous mes emportemens pour la grandeur supresme
Ne vous déguisent point Seigneur, que ie vous aime,
Et l'on ne voit que trop quel droit j'ay de haïr
Vn Empereur sans foy qui meurt de me trahir,
Me condamnerez-vous à voir que Berenice
M'enléue de hauteur le rang d'Imperatrice?
Luy pourrez-vous aider à me perdre d'honneur?

DOMITIAN

Ne pouuez-vous le mettre à faire mon bonheur?

DOMITIE

I'ay quelque orgueil encor, Seigneur ie le confesse,
De tout ce qu'il attend rendez-moy la maistresse,
Et laissez à mon choix l'effet de vostre espoir:
Que ce soit vne grace & non pas vn deuoir,
Et que...

DOMITIAN

Me faire grace aprés tant d'injustice!
De tant de vains detours ie voy trop l'artifice,
Et ne sçaurois douter du choix que vous ferez,
Quand vous aurez par moy ce que vous esperez.

Epousez j'y consens le rang de Souueraine;
Faites l'Impératrice en donnant vne Reine,
Disposez de sa main, & pour prémiére loy.
Madame, ordonnez-luy d'abaiser l'œil sur moy.

DOMITIE

Cet obiet de ma haine a pour vous quelque charme!

DOMITIAN

Son nom seul prononcé vous a mise en alarme!
Me puis-je mieux vanger si vous me trahissez,
Que d'aimer à vos yeux ce que vous haïssez?

DOMITIE

Parlons à cœur ouuert. Aimez-vous Berenice?

DOMITIAN

Autãt qu'il faut l'aimer pour vous faire vn supplice

DOMITIE

Ce sera donc le vostre encor plus que le mien.
Aprés cela Seigneur je ne vous dy plus rien.
S'il n'a pas pour vostre ame vne assez rude gesne,
J'y puis joindre au besoin vne implacable haine.

DOMITIAN

Et moy deust à jamais croistre ce grand courroux,
J'épouseray Madame où Berenice ou vous.

DOMITIE

Ou Berenice ou moy? La chose est donc égale;
Et vous ne m'aimez plus qu'autant que ma riuale!

DODITIAN

La douleur de vous perdre helas...

DOMITIE C'en est assez;

Nous verrons cet amour dont vous nous menacez.
Cependant si la Reine aussi fiére que belle
Sçait cõme il faut répondre aux vœux d'vn infidelle,
Ne me raportez point l'objet de son dédain,
Qu'elle n'ait repassé les riues du jourdain,

SCENE IV.

DOMITIAN. ALBIN.

DOMITIAN

ADmire ainsi que moy de quelle jalousié
Au seul nom de la Reine elle a paru saisie;
Comme s'il importoit à ses heureux appas
A qui ie donne vn cœur dont elle ne veut pas.

ALBIN

Seigneur, telle est l'humeur de la plusPart des fémes;
L'amour sous leur empire eust-il rangé mille ames,
Elles regardent tout comme leur propre bien,
Et ne peuuent souffrir qu'il leur échape rien.
Vn captif mal gardé leur semble vne infamie,
Qui l'ose receuoir deuient leur ennemie.
Et sans leur faire vn vol on ne peut disposer
D'vn cœur qu'vn autre choix les force à refuser:
Elles veulent qu'ailleurs par leur ordre il soupire,
Et qu'vn don de leur part marque vn reste d'empire,
Domitie a pour vous ces communs sentimens
Que les fieres beautez ont pour tous leurs amans,
Et craint, si vostre main se donne à Berenice,
Qu'elle ne porte en vain le nom d'Imperatrice,
Quand d'vn costé l'Hymen & de l'autre l'amour
Feront à cette Reine vn Empire en sa Cour.
Voilà sa jalousie & ce qu'elle redoute.
Seigneur Pour le Sénat n'en soyez point en doute;
Il aime l'Empereur & l'honore à tel point,
Qu'il seruira sa flâme ou n'en parlera point.
Pour le stupide Claude il eut bien la bassesse
D'authoriser l'Hymen de l'oncle auec la niepce;
Il ne fera pas moins pour vn Prince adoré,
Et ie l'y tiens déja Seigneur tout preparé.

DOMITIAN

Tu parles du Sénat & ie veux parler d'elle,
De l'ingrate qu'vn trosne a renduë infidelle,

N'est-il point de moyens ne vois-tu point de jour
A mettre enfin d'accord sa gloire & son amour?

ALBIN

Tout dépendra de Tite & du secret office
Qu'il peut dans le Sénat rendre à sa Berenice;
L'air dont il agira pour vn espoir si doux
Tournera l'Assemblée ou pour ou contre vous.
Et si sa Politique à vos amis s'oppose,
Vous l'auez dit vous-mesme, ils pourront peu de (chose.
Sondez ses sentimens & réglez-vous sur eux:
Vostre bonheur est seur, s'il consent d'estre heureux.
Que si son choix balance ou flate mal le vostre,
Demandez Berenice afin d'obtenir l'autre:
Vous l'auez déja veu sensible à de tels coups,
Et c'est vn grand ressort qu'vn peu d'amour jaloux.
Au moindre empressement pour cette belle Reine
Il vous fera justice, & reprendra sa chaisne.
Songez à penetrer ce qu'il a dans l'esprit,
Le voicy.

DOMITIAN

Ie suiuray ce que ton zele en dit:

SCENE V.

TITE. DOMITIAN. FLAVIAN. ALBIN.

TITE

AVez-vous regagné le cœur de vostre ingrate,
Mon frere?

DOMITIAN

Sa fierté de plus en plus éclate,
Voyez s'il fut jamais orgueil pareil au sien,
Il veut que ie la serue, & ne pretende rien,
Que j'appuye en l'aimant toute son injustice,
Que ie fasse de Rome éxiler Berenice.
Mais, Seigneur à mon tour puis-ie vous demander
Ce qu'à vos plus doux vœux il vous plaist d'accorder?

TITE

I'auray peine à bannir la Reine de ma veuë.
Par quels ordres grand Dieux, est-elle reuenuë?

Ie souffrois, mais enfin ie viuois sans la voir,
I'allois..
DOMITIAN
N'auez-vous pas vn absolu pouuoir,
Seigneur?
TITE
Ouy mais j'en suis contable à tout le monde;
Comme dépositaire il faut que j'en réponde,
Vn Monarque a souuent des loix à s'imposer,
Et qui veut pouuoir tout ne doit pas tout oser.
DOMITIAN
Que refuserez-vous aux desirs de vostre ame,
Si le Sénat approuue vne si belle flâme?
TITE
Qu'il parle du Vésuve, & ne se mesle pas
De jetter dans mon ame vn nouuel embarras;
Est-ce à luy d'abuser de mon inquiétude
Iusqu'à mettre vne borne à son incertitude?
Et s'il ose en mon choix prendre quelque interest,
Me croit-il en état d'en croire son Arrest?
S'il éxile la Reine y pourray-ie souscrire?
DOMITIAN
S'il parle en sa faueur, pourrez-vous l'en dédire?
Ah que ie vous plaindrois d'auoir si peu d'amour!
TITE
I'en ay trop, & le mets peut estre trop au jour.
DOMITIAN
Si vous en auiez tant vous auriez peu de peine
A faire rendre Domitie à sa premiere chaisne.
TITE
Ah s'il ne s'agissoit que de vous la céder
Vous auriez peu de peine à me persuader,
Et pour vous rendre heureux me rendre à Berenicé
Ne seroit pas vous faire vn fort grand sacrifice.
Il y va de bien plus
DOMITIAN
De quoy, Seigneur?
TITE
De tout;
Il y va d'épouser sa haine jusqu'au bout;

D'en suiure la furie & d'estre le ministre
De ce qu'vn noir dépit conçoit de plus sinistre;
Et peut-estre l'aigreur de ces inimitiez
Voudra que ie vous perde ou que vous me perdiez.
Voilà ce qui peut suiure vn si doux Hymenée.
Vous voyez dans l'orgueil Domitie obstinée;
Quand pour moy cet orgueil ose vous dédaigner,
Elle ne m'aime pas, elle cherche à regner,
Auec-vous, auec-moy n'importe la maniere,
Tout plairoit à ce prix à son humeur altiere,
Tout seroit digne d'elle & le nom d'Empereur
A mon assassin mesme attacheroit son cœur.

DOMITIAN

Pouuez-vous mieux choisir vn frein à sa colére,
Seigneur que de la mettre entre les mains d'vn frere

TITE

Non ie ne puis la mettre en de plus seures mains,
Mais plus vous m'estes cher, Prince, & plus ie vous
crains.
De ceux qu'vnit le sang plus douces sont les chaisnes
Plus leur desunion met d'aigreur dans leurs haines,
L'offense en est plus rude, & le courroux plus grand,
La suite plus barbare & l'effet plus sanglant,
La nature en fureur s'abandonne à tout faire,
Et cinquante ennemis sont moins hais qu'vn frére.
Ie ne réueille point des soupçons assoupis,
Et veux bien oublier le temps de Ciuilis,
Vous étiez encor jeune & sans vous bien connoistre
Vous pensiez n'estre né que pour viure sans maistre :
Mais les occasions renaissent aisement
Vne femme est flateuse, vn Empire est charmant,
Et comme auec plaisir on s'en laisse surprendre,
On néglige bien-tost les soins de s'en défendre.
Croyez-moy, séperez vos intérests des siens.

DOMITIAN

Et bien, j'en briseray les dangereux liens,

Pour vostre seureté j'accepte ce supplice;
Mais pour m'en consoler donnez-moy Berenice;
Deust le Sénat deust Rome en fremir de couroux,
Vous n'osez l'épouser j'oseray plus que vous.
Ie l'aime & l'aimeray si vostre ame y renonce.
Quoy n'osez vous Seigneur me faire de réponse?

TITE

Se donne-t-elle à vous & ne tient-il qu'à moy?

DOMITIAN

Elle a droit d'imiter qui luy manque de foy.

TITE

Elle n'en a que trop & toutefois ie doute
Que son amour trahy prenne la mesme route.

DOMITIAN

Mais si pour se vanger elle répond au mien?

TITE

Epousez-la mon frere & ne m'en dites rien.

DOMITIAN

Et si ie regagnois l'esprit de Domitie?
Si pour moy sa fierté se montroit adoucie?
Si mes vœux, si mes soins en étoient mieux receus,
Seigneur?

TITE *en rentrant.*

Epousez-la sans m'en parler non plus.

DOMITIAN

Allons, & malgré luy rendons luy Berenice.
Albin de nos projets son amour est complice,
Et puis qu'il l'aime assez pour en estre jaloux,
Malgré l'ambition Domitie est à nous.

ACTE IV.

SCENE PREMIERE.

TITE, FLAVIAN.

TITE.

AS-tu veu Berenice? aime-t-elle mon frere,
Et se plaist-elle à voir qu'il tasche de luy plaire
Me la demande-t-il de son consentement?

FLAVIAN

Ne la soupçonnez point d'vn si bas sentiment;
Elle n'en peut souffrir non pas mesme la feinte.

TITE

As-tu veu dans son cœur encor la mesme atteinte?

FLAVIAN

Elle veut vous parler c'est tout ce que j'en sçay.

TITE

Faut-il de son pouuoir faire vn nouuel essey!

FLAVIAN

M'en croirez-vous Seigneur éuitez sa presence.
Ou metez-vous contre-elle vn peu mieux en défése,
Quel fruit esperez-vous de tout son entretien?

TITE.

L'en aimer dauantage & ne résoudre rien.

FLAVIAN

L'irresolution doit-elle estre éternelle?
Vous ne me dites plus que Domitie est belle,
Seigneur, vous qui disiez que ses seules beautez
Vous peuuent consoler de ce que vous quittez,
Qu'elle seule en [illegible] yeux porte dequoy contraindre
Vos feux à [illegible] r, s'ils ne peuuent s'éteindre.

TITE

Ie l'ay dit, il est vray, mais j'auois d'autres yeux,
Et ie ne voyois pas Berenice en ces lieux.

FLAVIAN

Quand aux feux les plus beaux vn Monarque défere
Il s'en fait vn plaisir, & non pas vne affaire,
Et regarde l'amour comme vn lasche attentat
Dés qu'il veut préualoir sur la raison d'Etat.
Son grand cœur au dessus des plus dignes amorces
A ces deuoirs pressans laisse toutes leurs forces,
Et son plus doux espoir n'ose luy demander
Ce que sa dignité ne luy peut accorder.

TITE

Ie sçay qu'vn Empereur doit parler ce langage,
Et quand il l'a fallu, j'en ay dit dauantage;
Mais de ces duretez que j'étale à regret
Chaque mot à mon cœur couste vn soupir secret;
Et quand à la raison j'accorde vn tel empire,
Ie le dis seulement, parce qu'il le faut dire,
Et qu'étant au dessus de tous les Potentats
Il me seroit honteux de ne le dire pas.
Dequoy s'enorgueillit vn Souuerain de Rome,
Si par respect pour elle il doit cesser d'estre homme;
Eteindre vn feu qui plaist, ou ne le ressentir?
Que pour s'en faire honte, & pour le démentir,
Cette toute-puissance est bien imaginaire
Qui s'assujettit soi mesme à la peur de déplaire,
Qui laisse au goust public régler tous ses projets,
Et prend le plus haut rang pour craindre ses Sujets,
Ie ne me donne point d'empire sur leurs ames,
Ie laisse en liberté leurs soupirs, & leurs flames,
Et quand d'vn bel objet j'en voy quelqu'vn charmé,
I'applaudit au bonheur d'aimer & d'estre aimé.
Quand ie l'obtiens du Ciel, me portent-ils enuie?
Qu'ont d'amer pour eux tous les douceurs de ma vie
Et par quel intérest...

FLAVIAN Ils perdroient tout en vous;
Vous faites le bonheur & le salut de tous
Seigneur, & l'Vniuers de qui vous estes l'ame,

TITE

Ne perds plus de raisons à combatre ma flamé;
Les yeux de Berenice inspirent des avis,
Qui persuadent mieux que tout ce que tu dis.

FLAVIAN

Ne vous exposez donc qu'à ceux de Domitié.

TITE

Ie n'ay plus Flauian que quatre jours de vie,
Pourquoy prens-tu plaisir à les tiranniser?

FLAVIAN

Mais vous sçauez qu'il faut la perdre, ou l'épouser?

TITE

En vain donc à ses vœux tout mon amour s'oppose,
Périr ou faire vn crime est pour moy mesme chose;
Laissons luy toutefois souleuer des mutins,
Hazardons sur la foy de nos heureux Destins,
Ils m'ont promis la Reine, & doiuent à ses charmes
Tout ce qu'ils ont soumis à l'effort de mes armes.
Par elle j'ay vaincu, pour elle il faut périr.

FLAVIAN

Seigneur...

TITE

Ouy, Flauian, c'est à faire à mourir.
La vie est peu de chose, & tost ou tard qu'importé
Qu'vn traistre me l'arrache ou que l'âge l'emporte?
Nous mourrons à toute heure, & dans le plus doux
Chaque instant de la vie est vn pas vers la mort. (sort

FLAVIAN

Flatez mieux les desirs de vostre ambitieuse,
Et ne la changez pas de fiére en furieuse.
Elle vient vous parler.

TITE

Dieux, quel comble d'ennuis!

SCENE II.

TITE DOMITIE. FLAVIAN. PLAVTINE.

DOMITIE

IE viens sçauoir de vous, Seigneur, ce que ie suis.
I'ay vostre foy pour gage, & mes Ayeux pour marques
Du grand droit de prétendre au plus grand des Monarques,
Mais Berenice est belle, & des yeux si puissans
Renuersent aisément des droits si languissans.
Ce grand jour qui deuoit vnir mon sort au vostre
Seruira t'il Seigneur, au triomphe d'vne autre?

TITE

I'ay quatre jours encor pour en délibérer,
Madame, jusques là laissez moy respirer.
C'est peu de quatre jours pour vn tel sacrifice,
Et s'il faut à vos droits immoler Berenice.
Ie ne vous répons pas que Rome & tous vos droits
Puissent en quatre jours m'en imposer les loix.

DOMITIE.

Il n'en faudroit pas tãt, Seigneur pour vous resoudre
A lancer sur ma teste vn dernier coup de foudre,
Si vous ne craigniez point qu'il réjaillist sur vous,

TITE

Suspendez quelque temps encor ce grand courroux.
Puis-ie étouffer si tost vne si belle flame?

DOMITIE

Quoy, vous ne pouuez pas ce que peut vne femme?
Que vous me rendez mal ce que vous me deuez.
I'ay brisé de beaux fers, Seigneur vous le sçauez.
Et mon ame sensible à l'amour comme vne autre.
En étouffe vn peut-estre aussi fort que le vostre.

TITE

Peut-estre auriez-vous peine à le bien étoufer,
Si vostre ambition n'en sçauoit triompher.
Moy qui n'ay que les Dieux au dessus de ma teste,

Qui ne voy plus de rang digne de ma conqueste,
Du trosne où ie me sieds, puis-ie aspirer à rien
Qu'à posseder vn cœur qui n'aspire qu'au mien?
C'est là de mes pareils la noble inquietude,
L'ambition remplie y jette leur étude,
Et si-tost qu'à pretendre elle n'a plus de jour,
Elle abandonne vn cœur tout entier à l'amour.

DOMITIE

Elle abandonne ainsi le vostre à cette Reine
Qui cherche vne grandeur encor plus souueraine

TITE

Non madame, & ie veux que vous sortiez d'erreur.
Berenice aime Tite & non pas l'Empereur,
Elle en veut à mon cœur & non-pas à l'Empire

DOMITIE

D'autres auoient déja pris soin de me le dire,
Seigneur, & vostre Reine a le goust délicat,
L... n'en vouloir qu'au cœur & non-pas à l'éclat.
Cet amour épuré que Tite seul luy donne
Renonceroit au rang pour estre à la personne:
Mais on a beau, Seigneur, raffiner sur ce point,
La personne & le rang ne se separent point.
Sous les tendres brillans de cette noble amorce
L'ambition cachée attaque, presse, force,
Par là de ses projets elle vient mieux à bout,
Elle ne pretend rien & s'empare de tout,
L'Art est grand mais enfin ie ne sçay s'il mérite
La bouche d'vne Reine & l'oreille de Tite.
Pour moy, j'aime autrement, & tout me charme en (vous;
Tout m'en est précieux, Seigneur, tout m'en est doux.
Ie ne sçay point si j'aime ou l'Empereur, ou Tite
Si ie m'attache au rang, ou n'en veux qu'au mérite;
Mais ie sçay qu'en l'état où ie suis aujourd'huy
I'applaudis à mon cœur de n'aspirer qu'à luy.

TITE

Mais me le donnez vous tout ce cœur qui n'aspire,

En ſe tournant vers moy, qu'aux honneurs de l'Empire?
Suit-il l'ambition en dépit de l'amour,
Madame? la ſuit-il ſans eſpoir de retour?

DOMITIE

Si c'eſt à mon égard ce qui vous inquiete,
Le cœur ſe rend bien-toſt quand l'ame eſt ſatisfaite,
Nous le défendons mal de qui remplit nos vœux,
Vn moment dans le troſne éteint tous autres feux,
Et donner tout ce cœur ſouuent ce n'eſt que faire
D'vn treſor inuiſible vn don imaginaire.
A l'amour vraiment noble il ſuffit du dehors,
Il veut bien du dedans ignorer les reſſorts,
Il n'a d'yeux que pour voir ce qui s'offre à la veuë,
Tout le reſte eſt pour eux vne terre inconnuë,
Et ſans importuner le cœur d'vn Souuerain,
Il a tout ce qu'il veut quand il en a la main.
Ne m'oſtez pas la voſtre, & diſpoſez du reſte,
Le cœur a quelque choſe en ſoy de tout celeſte,
Il n'appartient qu'aux Dieux & cõme c'eſt leur choix
Ie ne veux point Seigneur, attenter ſur leurs droits.

TITE

Et moy qui ſuis des Dieux la plus viſible image,
Ie veux ce cœur cõme eux, & j'en veux tout l'hõmage
Mais vous n'en auez plus Madame à me donner,
Vous ne voulez ma main que pour vous couronner,
D'autres pourront vn iour vous rendre ce ſeruice!
Cependant, pour regler le ſort de Berenice,
Vous pouuez faire agir vos amis au Sénat,
Ils peuuent m'y nommer laſche, parjure, ingrat:
I'attendray ſon Arreſt & le ſuiuray peut-eſtre.

DOMITIE

Suiuez le, mais tremblez s'il flate trop ſon maiſtre:
Ce grãd corps tous les ans chãge d'ame & de cœurs,
C'eſt le meſme Sénat & d'autres Sénateurs.
S'il alla pour Neron juſqu'à l'idolatrie,
Il le traita depuis de traiſtre à ſa Patrie,

Et reduisit ce Prince indigne de son rang.
A la nécessité de se percer le flanc.
Vous estes son amour, craignez d'estre sa hainé
Aprés l'indignité d'épouser vne Reine.
Vous auez quatre iours pour en déliberer,
I'attens le coup fatal que ie ne puis parer,
Adieu, si vous l'osez contentez vostre enuie,
Mais en m'ostant l'honneur, n'épargnéz pas ma vie.

SCENE III.

TITE. FLAVIAN.

TITE

L'Impétueux esprit ! conçois-tu, Flauian;
Où pourroient ses furreurs porter Domitian?
Et de quelle importance est pour moy l'Hymenée
Où par tous mes désirs ie la sens condamnée?

FLAVIAN

Ie vous l'ay déja dit Seigneur, pensez-y bien,
Et sur tout de la reine éuitez l'entretien.
Redoutez... Mais elle entre, & sa moindre tendresse
De toutes nos raisons va montrer la foiblesse.

SCENE IV.

TITE. BERENICE. PHILON, FLAVIAN.

TITE

ET bien Madame, & bien, faut-il tout hazarder,
Et venez vous icy pour me le commander?

BERENICE

De ce qui m'est permis ie sçay mieux la mesure,
Seigneur, & j'ay pour vous vne flâme trop pure.
Pour vouloir en faueur d'vn zéle ambitieux
Mettre au moindre péril des jours si précieux.
Quelque pouuoir sur moy que nostre amour obtiéne
I'ay soin de vostre gloire ayez-en de la mienne.
Ie ne demande plus que pour de si beaux feux,
Vostre absolu pouuoir hazarde vn IE LE VEUX,

Cet amour le voudroit, mais comme ie suis Reine,
Ie sçay des Souuerains la raison souueraine.
Si l'ardeur de vous voir l'a voulue ignorer,
Si mon indigne éxil s'ést permis d'esperer,
Si j'ay rentré dant Rome auec quelque imprudence,
Tite à ce trop d'ardeur doit vn peu d'indulgence.
Souffrez qu'vn peu d'éclat pour prix de tant d'amour
Signale ma venue & marque mon retour.
Voudrez-vous que ie parte auec l'ignominie
De ne vous auoir veu que pour me voir bannie?
Laissez-moy la douceur de languir en ces lieux,
D'y souspirer pour vous, d'y mourir à vos yeux,
C'en sera bien-tost fait, ma douleur est trop viue
Pour y tenir long-temps vostre attente captiue,
Et si ie tarde trop à mourir de douleur,
I'iray loin de vos yeux terminer mon malheur.
Mais laissez m'en choisir la funeste journée.
Et du moins jusques-la Seigneur, point d'Hymenée.
Pour vostre ambitieuse auez-vous tant d'amour,
Que vous ne le puissiez differer d'vn seul jour?
Pouuez-vous refuser à ma douleur profonde!...

TITE

Hélas que voulez-vous, que la mienne réponde,
Et que puis-ie résoudre alors que vous parlez,
Moy qui ne puis vouloir que ce que vous voulez?
Vous parlez de languir, de mourir à ma veuë,
Mais ô Dieux! songez-vous que chaque mot me tuë,
Et porte dans mon cœur de si sensibles coups,
Qu'il ne m'en faut plus qu'vn pour mourir auec vous
De ceux qui m'ont percé souffrez que ie soupire,
Pourquoy partir Madame & pourquoy me le dire?
Ah si vous vous forcez d'abandonner ces lieux,
Ne m'assassinez point de vos cruels adieux.
Ie vous suiurois, Madame, & flaté de l'idée
D'oser mourir à Rome & reuiure en Iudée,
Pour aller de mes feux vous demander le fruit,

Ie quitterois l'Empire & tout ce qui leur nuit.

BERENICE

Daigne me préseruer le Ciel...

TITE

Dequoy, Madame?

BERENICE

De voir tant de foiblesse en vne si grande ame.
Si j'auois droit par là de vous moins estimer,
Ie cesserois peut-estre aussi de vous aimer.

TITE

Ordonnez donc enfin ce qu'il faut que ie fasse.

BERENICE

S'il faut partir demain, ie ne veux qu'vne grace;
que ce soit vous, Seigneur, qui le veuilliez pour moy
Et non vostre Sénat qui m'en fasse la loy.
Faites-luy souuenir, quoy qu'il craigne, ou projette,
Que ie suis son amie, & non-pas sa Sujette,
Que d'vn tel attentat nostre rang est jaloux,
Et que tout mon amour ne m'asseruit qu'à vous.

TITE

Mais peut-estre Madame...

BERENICE

Il n'est point de peut-estre,
Seigneur, s'il en décide il se fait voir mon maistre,
Et deust-il vous porter à tout ce que ie veux,
Ie ne l'ay point choisi pour juge de mes vœux.

SCENE V. ET DERNIERE.

TITE, BERENICE, DOMITIAN, ALBIN, FLAVIAN, PHILON.

Domitian entre.

TITE.

ALlez dire au Sénat, Flauian, qu'il se leue,
A Quoy qu'il ait commécé, ie défens qu'il acheue
Soit qu'il parle à present du Vésuv, ou de moy,
Qu'il cesse, & que chacun se retire chez soy.
Ainsi le veut la Reine, & comme amant fidelle
Ie veux qu'il obeïsse aux loix que ie prens d'elle,
Qu'il laisse à nostre amour regler nostre intérest.

DOMITIAN

Il n'est plus temps, Seigneur j'en apporte l'arrest

TITE

Qu'ose-t-il m'ordonner?

DOMITIAN Seigneur, il vous conjure
De remplir tout l'espoir d'vne flame si pure.
De seruices rendus à vous, à tout l'Etat,
C'est le prix qu'à jugé luy devoir le Sénat,
Et pour ne vous prier que pour vne Romaine,
D'vne commune voix Rome adopte la Reine,
Et le Peuple à grands cris montre sa passion
De voir vn plein effet de cette adoption.

TITE

Madame...

BERENICE

Permettez, Seigneur, que ie préuienne
Ce que peut vostre flame accorder à la mienne.
Graces au juste Ciel ma gloire en seureté
N'a plus à redouter aucune indignité,
I'éprouue du Sénat l'amour & la justice,
Et n'ay qu'à le vouloir pour estre Impératrice.
Ie n'abuseray point d'vn surprenant respect
Qui semble vn peu bien prompt pour n'estre point (suspect
Souuët on se dédit de tant de complaisance.
Non que vous ne puissiez en fixer l'inconstance;
Si nous auons trop veu ses flus & ses reflus
Pour Galba, pour Othon, & pour Vitellius,
Rome dont aujourd'huy vous estes les délices
N'aura jamais pour vous ces insolens caprices;
Mais aussi cet amour qu'a pour vous l'Vniuers
Ne vous peut garantir des ennemis couuerts.
Vn million de bras a beau garder vn maistre.
Vn million de bras ne pare point d'vn traistre;
Il n'en faut qu'vn pour perdre vn prince aimé de
Il n'y faut qu'vn brutal qui me haïsse en vous, (tous,
Aux zéles indiscrets tout paroist légitime,
Et la fausse vertu se fait honneur du crime?

Rome a ſauué ma gloire en me donnant ſa voix,
Sauuons-luy vous & moy la gloire de ſes loix,
Rendons-luy vous & moy cette reconnoiſſance
D'en auoir pour vous plaire affoibly la puiſſance,
De l'auoir immolée à vos plus doux ſouhaits;
On nous aime, faiſons qu'on nous aime à jamais.
D'autres ſur voſtre éxemple épouſeroient des Reines
Qui n'auroient pas, Seigneur, des ames ſi Romaines,
Et luy feroient peut-eſtre auec trop de raiſon
Haïr voſtre mémoire & déteſter mon nom.
Vn refus généreux de tant de déférence,
Contre tous ces périls nous met en aſſeurance.

TITE

Le Ciel de ces périls ſçaura trop nous garder.

BERENICE

Ie les voy de trop prés pour vous y hazarder.

TITE

Quand Rome vous appelle à la grandeur ſupréme...

BERENICE

Iamais vn tendre amour n'expoſe ce qu'il aime.

TITE

Mais Madame, tout cede, & nos vœux éxaucez...

BERENICE

Voſtre cœur eſt à moy, j'y régne, & c'eſt aſſez.

TITE

Malgré les vœux publics refuſer d'eſtre heureuſe,
C'eſt plus craindre qu'aimer.

BERENICE La crainte eſt amoureuſe.

Ne me renuoyez pas, mais laiſſez-moy partir,
Ma gloire ne peut croiſtre & peut ſe démentir.
Elle paſſe aujourd'huy celle du plus grand homme,
Puis qu'enfin ie triomphe & dans Rome & de Rome,
I'y vois à mes genoux le peuple & le Sénat,
Plus j'y craignois la honte & plus j'y prens d'éclat,
I'y tremblois ſous ſa haine, & la laiſſe impuiſſante,
I'y rentrois éxilée, & j'en ſors triomphante,

TITE

L'amour peut-il se faire vne si dure loy?

BERENICE

La raison me la fait malgré vaus, malgré moy,
Si ie vous en croyois, si ie voulois m'en croire,
Nous pourrions viure heureux , mais auec moins de
Epousez Domitie, il ne m'importe plus (gloire.
Qui vous enrichissiez d'vn si noble refus.
C'est à force d'amour que ie m'arrache au vostre,
Et ie serois à vous si j'aimois comme vne autre.
Adieu, Seigneur, ie pars.

TITE Ah, Madame, arrestez.

DOMITIAN

Est-ce la donc pour moy, l'effet de vos bontez,
Madame, est-ce le prix de vous auoir seruie?
I'asseure vostre gloire, & vous m'ostez la vie!

TITE

Ne vous alarmez point, quoy que la Reine ait dit,
Domitie est à vous, si j'ay quelque crédit.
Madame, en ce refus vn tel amour éclate (té,
que j'aurois pour vous l'ame au dernier point ingra-
Et mériterois mal ce qu'on a fait pour moy,
Si ie portois ailleurs la main que ie vous doy.
Tout est à vous, L'Amour, l'honneur, Rome l'ordóne.
Vn si noble refus n'enrichira personne,
I'en jure par l'espoir qui nous fut le plus doux.
Tout est à vous, Madame, & ne sera qu'à vous,
Et ce que mon amour doit à l'excés du vostre
Ne deuiendra jamais le partage d'vne autre.

BERENICE

Le mien vous auroit fait déja ces beaux sermens,
S'il n'eust craint d'inspirer de pareils sentimens;
Vous vous deuez des fils, & des Césars à Rome,
Qui fassent à jamais reuiure vn si grand homme.

TITE

Pour reuiure en des fils nous n'en mourós pas moins.

Et vous mettez ma gloire au dessus de ces soins.
Du Leuant au couchant du More jusqu'au Scythe
Les Peuples vanteront & Berenice & Tite,
Et l'histoire à l'enuy forcera l'auenir
D'en garder à jamais l'illustre souuenir.
Prince, aprés mon trépas soyez seur de l'Empire;
Prenez-y part en frére attendant que j'expire,
Allons voir Domitie, & la fléchir pour vous.
Le premier rang dans Rome est pour elle assez doux,
Et ie vay luy jurer, qu'à moins que ie périsse,
Elle seule y tiendra celuy d'impératrice.
Est-ce là vous l'oster?

DOMITIAN Ah, c'en est trop Seigneur.

TITE *à Berenice.*

Daignez contribuer à faire son bon-heur,
Madame, & nous aider à mettre de cette amé
Toute l'ambition d'accord auec sa flame.

BERENICE

Allons Seigneur, ma gloire en croistra de moitié.
Si ie puis remporter chez-moy son amitié.

TITE

Ainsi pour mon Hymen la feste preparée
Vous rendra cette foy qu'on vous auoit jurée,
Prince & ce iour pour vous si noir, si rigoureux,
N'aura d'éclat icy que pour vous rendre heureux.

FIN.

www.ingramcontent.com/pod-product-compliance
Lightning Source LLC
LaVergne TN
LVHW010000230826
846092LV00002B/575

9782329688954